FANTASY

Die Welt der DRACHENLANZE
im Goldmann Verlag:

Die Chronik der DRACHENLANZE
1. Drachenzwielicht (24510) • 2. Drachenjäger (24511) • 3. Drachenwinter (24512) • 4. Drachenzauber (24513) • 5. Drachenkrieg (24516) • 6. Drachendämmerung (24517)

Die Legenden der DRACHENLANZE
1. Die Brüder (24527) • 2. Die Stadt der Göttin (24528) • 3. Der Krieg der Brüder (24530) • 4. Die Königin der Finsternis (24531) • 5. Der Hammer der Götter (24533) • 6. Caramons Rückkehr (24534)

Das Heldenlied der DRACHENLANZE
1. Das Ehrenwort (24587) • 2. Verrat unter Rittern (24589) • 3. Das Schwert des Königs (24591) • 4. Heldenblut (24593) • 5. Unter dunklen Sternen (24594) • 6. Die Stunde des Skorpions (24595)

Die Geschichte der DRACHENLANZE
1. Die Zitadelle des Magus (24538) • 2. Der Magische Turm (24539) • 3. Die Jagd des Todes (24540) • 4. Der Zauber des Palin (24541) • 5. Der edle Ritter (24542) • 6. Raistlins Tochter (24543)

Der Bund der DRACHENLANZE
1. Ungleiche Freunde (24602) • 2. Die Erben der Stimme (24603) • 3. Die Stunde der Diebe (24604) • 4. Finstere Pläne (24605) • 5. Das Mädchen mit dem Schwert (24606) • 6. Verspätete Rache (24607) 7. Schattenreiter (24673) • 8. Das Siegel des Verräters (24674) • 9. Stahl und Stein (24675) • 10. Das Schloß im Eis (24676) • 11. Der Zauber des Dunkels (24677) • 12. Die Jäger der Wüste (24678)

Die Krieger der DRACHENLANZE
1. Der Dieb der Zauberkraft (24816) •
2. Die Ritter der Krone (24817)

DRACHENLANZE – Die Neue Generation (24621)

Die Erben der DRACHENLANZE
1. Drachensommer (24708) • 2. Drachenfeuer (24718) • 3. Drachennest (24782) • 4. Die Grube der Feuerdrachen (24783)

Weitere Bände in Vorbereitung.

ROLAND GREEN

Die Krieger der Drachenlanze 2

DIE RITTER DER KRONE

Aus dem Amerikanischen
von Imke Brodersen

DRAGONLANCE®

GOLDMANN

Die amerikanische Originalausgabe erschien unter dem Titel
»DRAGONLANCE® Saga, The Warriors I, Knights of the Crown«
(Chapters 13–23)
bei TSR, Inc., 1801 Lind Ave SW, Renton, WA 98055, USA

Umwelthinweis:
Alle bedruckten Materialien dieses Taschenbuches
sind chlorfrei und umweltschonend.
Das Papier enthält Recycling-Anteile.

Der Goldmann Verlag
ist ein Unternehmen der Verlagsgruppe Bertelsmann

Deutsche Erstveröffentlichung 9/98

U. S., CANADA,
ASIA, PACIFIC &
LATIN AMERICA
Wizards of the Coast, Inc.
P.O. Box 707
Renton, WA 98057-0707
+ 1-206-624-0933

EUROPEAN HEADQUARTERS
Wizards of the Coast,
Belgium
P.B. 34
2300 Turnhout
Belgium
+32-14-44-30-44

Visit our website at http://www.tsr.com

Published in the Federal Republic of Germany by
Wilhelm Goldmann Verlag, München
Deutschsprachige Rechte beim
Wilhelm Goldmann Verlag, München
Umschlaggestaltung: Design Team München
Umschlagillustration: Agt. Schlück/Maitz
Satz: deutsch-türkischer fotosatz, Berlin
Druck: Elsnerdruck, Berlin
Verlagsnummer: 24817
Redaktion: Yvonne Hergane
V. B. · Herstellung: Peter Papenbrok
Printed in Germany
ISBN 3-442-24817-5

1 3 5 7 9 10 8 6 4 2

Kapitel 1

Jemar der Schöne hielt seinen breitkrempigen Hut mit einer Hand auf dem Kopf fest, aber nichts konnte den Wind davon abhalten, seine Federn wie verrückt zu zausen. Eine Welle brach sich an der Seite der *Windschwert*, und Gischt übersprühte Jemars Gesicht. Er blinzelte die Augen frei und zählte wieder die Schiffe in der Bucht.

»Ich sehe nur vier Schiffe.« Der Erste Offizier zuckte mit den Schultern. »Ich möchte nicht raten, ehe ich sehe, wer fehlt. Wenigstens scheint keiner mit einem Beuteschiff belastet zu sein.«

»Manch einer würde das nicht als Last bezeichnen«, sagte Jemar. »Keine Beute zu machen kann Männer eher durcheinanderbringen, als bereits Erobertes zurücklassen zu müssen.«

Der Offizier zuckte wieder mit den Schultern. Obwohl schon an die Dreißig, hatte er sich eine knabenhafte Liebe zur Romantik der Seefahrt erhalten und wenig Respekt vor jedem, der sich auf den großen Meeren einfach nur seinen Lebensunterhalt verdienen wollte. Wegen der Inspiration, die er den neuen Rekruten vermittelte, war er seine Heuer und Anteile mehrfach wert, aber er mußte genauso oft aus den Wolken geholt werden.

»Deck ahoi!«, kam der Ruf vom Ausguck des Fockmastes. »Ich erkenne Youris, Geyon, Shilriya und Zyrub.«

»Gut gesehen«, rief Jemar. »Doppelter Wein für dich heute abend.«

Er drehte sich zum Offizier um. »Ganz wie ich erwartet hatte. Nersha hat sich den ganzen Sommer schon über diesen

Riß im Kiel beklagt. Ich vermute, sie wollten sich mit der *Blender* nicht aufs offene Meer wagen.«

»Sie hätten trotzdem segeln und auf ein gekapertes Schiff umsteigen können. Fast jedes Schiff wäre seetüchtiger gewesen als die *Blender*. Oder hat sie inzwischen etwa noch mehr Möbel in ihrer Kabine verstaut? Vielleicht konnte sie kein Schiff finden, das groß genug war ...«

Jemar räusperte sich. »Nach allem, was wir wissen, ist ihr die Einrichtung ebensoviel wert wie dir deine juwelenbesetzten Ohrringe.« Als der Offizier errötete, grinste Jemar. »Es spielt ohnehin kaum eine Rolle. Fünf Schiffe könnten Synsaga soviel Widerstand entgegensetzen, daß er lieber verhandelt – außer er hat den Verstand verloren oder eine ganze Drachenarmee gefunden.«

»Wer weiß, was hinter den Gerüchten steckt?« meinte der Offizier. »Bleiben die fünf Schiffe denn alle zusammen?«

Jemar machte den Mund auf, um seinem Offizier wegen zurückgehaltener Informationen die Leviten zu lesen. Dann wurde ihm jedoch klar, daß der Offizier nur wieder schwarzsah. Das tat er meistens vor Zusammenkünften des Kapitänsrats, dessen Pläne und Intrigen er aus tiefster Seele haßte.

»Du verdienst dir deine Offiziersheuer und Anteile nicht als Prophet des Untergangs«, sagte Jemar kurz angebunden. »Im Moment solltest du sie dir verdienen, indem du das Langboot ausbringen und die Decks bemannen läßt, damit sie Signale geben und die anderen gastfreundlich empfangen.«

»Aye, aye, Jemar«, sagte der Offizier. Er verschwand schnell genug, um die Laune des Barbarenhäuptlings zumindest ein wenig zu heben. Jemar hätte sich jedoch noch besser gefühlt, wenn er den Zweiten Offizier nicht mit der *Goldenen Tasse* mitgeschickt hätte. Es schadete nicht, wenn der Erste Offizier wußte, daß jemand da war, um seinen Platz zu übernehmen, wenn er den Mund zu oft zur falschen Zeit zu voll nahm.

Gerik Ginfrayson war es auf dem Fensterbrett entsetzlich unbequem. Aber er hätte sich auch an einen Ast geklammert oder sich sogar an seinem Schwanz dran aufgehängt (vorausgesetzt, ihm wäre einer gewachsen), um einen guten Blick auf Fustiar den Abtrünnigen bei der Arbeit zu haben.

Er hatte tatsächlich alles deutlich gesehen. Fustiar hatte den toten – oder zumindest bewußtlosen – Gefangenen in ein Loch im Boden des Turmverlieses hinuntergelassen, bis er nicht mehr zu sehen war. Er hatte ein Bronzegitter über das Loch gelegt. Dann hatte er das Gitter mit etwas besprenkelt, das rauchte wie Pergament, welches mit Steinöl bestrichen und in Brand gesetzt worden war.

Dann hatte Fustiar sich halb totgehustet und eine ganze Menge Wein getrunken (einen ganzen großen Krug, wie Gerik schätzte), um seine Kehle zu beruhigen. Seinen Kopf konnte er damit nicht geklärt haben, aber wenigstens benebelte ihn der Wein nicht. Mächtige Magier waren schon in nüchternem Zustand gefährlich genug; Geriks Neugier war nicht so groß, daß er in der Nähe sein wollte, wenn ein stockbetrunkener Zauberer am Werk war.

Jetzt kreiste Fustiar geschäftig um das Gitter. Er hielt seinen Stab mit beiden Händen waagerecht vor sich und sang beim Gehen. Er war noch so nüchtern, daß der Rhythmus seiner Füße mit dem seines Gesangs übereinstimmte, jedenfalls bis jetzt.

Inzwischen drang ein blauer Schein durch das Gitter. Er wurde heller, bis er das gesamte Verlies erleuchtete, und Gerik zog sich für kurze Zeit vom Fenster zurück. Ihm war unwohl wegen der Magie, die hier benutzt wurde, aber auch weil Fustiar ihn bemerken konnte, wenn das Licht stärker wurde. Noch die gemäßigsten Magier sprangen mit jedem hart um, den sie als Spion ansahen.

Der Schein wurde immer heller, bis Gerik mit einer Hand seine Augen beschirmen mußte, als er auf seinen Aussichtspunkt zurückkehrte. Gewiß konnte kein menschliches Auge im Verlies außerhalb davon noch irgend etwas erkennen.

Falls Fustiars Augen menschlich waren …

Der Magier bewegte sich immer noch und sang weiter. Der Schein war heller denn je. Aber in der Mitte des Lichts stieg etwas Dichteres aus dem Gitter auf, ein schwerer Nebel, der gleichermaßen farblos wie mit jeder Farbe des Regenbogens angefüllt war.

Gerik bereitete sich innerlich darauf vor, daß die Hitze seine Haut versengen würde. Aber als der Nebel serpentinenartig zur Decke des Verlieses stieg, spürte er etwas ganz anderes.

Es fühlte sich an, als ob die schneebeladenen Winde des südlichsten Turbidus-Meeres aus dem Gitter bliesen, das Verlies anfüllten und Geriks Wangen peitschten. Er schloß die Augen, aber das kalte Feuer auf seiner Haut wurde nur noch beißender.

Allmählich sah es so aus, als würde er das Ende von Fustiar dem Abtrünnigen miterleben. Wenn der Mann noch ein Mensch war, mußte er eine steifgefrorene Leiche inmitten dieses Eiswirbels sein.

»Habbakuks Geschenk!« kam der Ruf aus dem Boot.

»Kommt an Bord und seid willkommen«, erklang der traditionelle Gruß von der Laufplanke der Windschwert.

Jemar sah sich in seiner Kabine um. Durch die Ankunft von Youris war der Kapitänsrat hier in der Ansenorer Bucht vorläufig komplett. Die fünf Anwesenden konnten beschließen, ob sie alle Lady Eskaia und ihrem Vorhaben zu Hilfe kommen wollten oder nicht. Nersha konnten sie nicht in die Entscheidung miteinbinden, doch wenn diese die Fahrt später guthieß, würde Jemar dafür sorgen, daß sie von jeglichem Gewinn, der vielleicht anfallen würde, einen kleinen Anteil bekam. Zu oft hatte er mit Nersha getrunken und gelegentlich auch das Bett geteilt, um sie völlig auszuschließen.

Youris trat ein wie gewöhnlich – wie eine Maus, die ein Haus voller älterer Katzen aufsucht. Doch ebenfalls wie gewöhnlich trügte der Schein. Youris war ohne jeden Zweifel der beste Schwertkämpfer unter Jemars Kapitänen und hatte die wenigsten Skrupel, wenn es darum ging, eine gekaperte Prise zu plündern und Lösegeld für Gefangene zu fordern. Ehrliche Geschäfte kreuzten nur selten seinen Weg, und gelegentlich fragte sich Jemar, ob Youris unter der Flagge von Synsaga nicht glücklicher gewesen wäre. Früher oder später würde ihm jemand die Kehle durchschneiden, im Kratergolf allerdings eher später.

Die fünf Kapitäne hatten je einen Diener mitgebracht, der ihren Amtsstuhl trug. Manche Häuptlinge gaben Streitkolben aus oder Stäbe oder verzierte Sprechtrompeten – Jemar verteilte Klappstühle aus schlichtem Leder und noch schlichterem Holz. Es gab Zeiten, wo es angebracht war anzugeben, aber der ernste Anlaß einer Kapitänsratssitzung war dafür nicht geeignet.

Jemars Stil, wenn er vor einem Rat sprach, war ebenfalls eher schlicht als blumig. Das lag nicht nur daran, daß er sich gern unkompliziert gab, obwohl die Sprache diese Haltung sicher unterstützte. Es war einfach nur so, daß Jemar der Schöne lange Reden haßte, sowohl wenn er sie anhörte, als auch wenn er selber sprach. Sie verursachten bei ihm einen trockenen Mund, Ohrenschmerzen und schlechte Laune.

Die Frauen, die in seinem Bett gelegen hatten (und über die Jahre hätte man mit ihrer Zahl ein ordentliches Schiff ausrüsten können), wußten, daß er beredsam, zotig und auch zärtlich sein konnte, wenn er wollte, solange es ihm und seiner Gefährtin Freude machte. Unter seinen Kapitänen und bei seiner Mannschaft genoß er jedoch den Ruf eines Menschen, der selten zwei Worte sagte, wo eines reichen mußte, und oft lieber schwieg, als überhaupt etwas zu sagen.

Er fragte sich kurz, ob Lady Eskaia das wußte. Und ob ihr

klar war, daß die Art, wie er mit ihr gesprochen hatte, ein Zeichen seiner großen Wertschätzung war. Er fragte sich auch, was eine Kaufmannsprinzessin von Istar wohl dazu sagen würde, daß ein Seebarbarenhäuptling sie sehr schätzte.

Doch er hörte auf, sich Fragen zu stellen, als Kapitän Youris seinen Stuhl in die Mitte des Kreises stellte und damit um die Erlaubnis zum Sprechen bat. Jemar sah sich hastig in der Kabine um. Die letzten Diener verschwanden, als hätte das Deck unter ihnen Feuer gefangen.

Es war ungewöhnlich, daß ein Kapitän zum Rat sprechen wollte, bevor alle gehört hatten, was Jemar zu sagen hatte. Es war aber auch nichts nie Dagewesenes, Verbotenes oder auch nur besonders Verdächtiges. Jemar entschied, daß man *ihn* mit Mißtrauen betrachten würde, wenn er auf Youris' Schweigen beharrte.

Außerdem verrät ein Mann, der spricht, oft, was ein Mann, der zuhört, verbergen kann.

»Soll Youris sprechen?« fragte Jemar.

»Youris soll sprechen.« Es war ein wenig harmonisch klingendes Quartett – Jemar hatte selbst in Hafenkneipen, wo alle Anwesenden sternhagelvoll waren, schon Besseres gehört – aber er konnte in keiner Stimme Zweifel oder Widerspruch erkennen.

»Dann werde ich sprechen«, antwortete Youris, der die Erlaubnis so förmlich annahm, wie sie gegeben worden war. Manche Häuptlinge der Seebarbaren duldeten sogar betrunkene Streithähne und ihre Streitereien in ihrem Rat; Jemar hatte beides nie besonders sinnvoll gefunden, noch nicht einmal zur Unterhaltung.

Youris blieb bewaffnet, als er vortrat, aber das war sein Recht, und keiner zuckte auch nur mit der Wimper. Seine Stimme war tief, nicht das hohe Piepsen, das man vielleicht erwartete, und seine Worte erklangen so gleichmäßig wie die Schläge von Galeerenrudern beim Kreuzen.

»Ich würde es nicht wagen, im voraus ein Urteil über die Entscheidungen unseres Häuptlings zu fällen, aber ich wäre um diese Jahreszeit zurückhaltend damit, etwas anderes zu tun, als unser Kreuzen fortzusetzen. Istars Flotte wird mit jedem Mann um ein Schiff stärker, und die Karthayer oder die Ritter von Solamnia lieben uns auch nicht besonders. Ihnen fehlen seetüchtige Schiffe, um ihre Feindseligkeit in die Tat umzusetzen, aber ...«

»Youris, Verzeihung«, wandte Kapitän Shilriya ein. »Aber Anwaltsgeschwätz ist nicht das, was wir brauchen. Wenn du dich amüsieren willst – ich habe Wein und vielleicht sogar höhere Genüsse auf der *Geflügelten Fuchs*. Aber wenn du *uns* erheitern willst, dann fasse dich kurz. Jemar war höflich. Erwidere sein Zuvorkommen.«

Youris drehte sich zu Shilriya um und ließ seine Augen auf ihr ruhen. Die meisten Männer taten das. Shilriya war eine breitschultrige Rothaarige, die sich mit langen Zöpfen und tief ausgeschnittener, kurzer Tunika am besten gefiel. Manch eine Tunika konnte man kaum betrachten, ohne sich zu fragen, wann Shilriya sie ablegen würde – mit spektakulärem Ergebnis.

Youris jedoch schien nicht Shilriyas Reize zu mustern. Offenbar wollte er sie allein durch die Intensität seines Blickes zum Schweigen bringen. Das war dumm bei Shilriya. Jemar kannte sie besser als die meisten Frauen, mit denen er das Bett geteilt hatte, und wußte, daß sie einen eisernen Willen besaß. Youris sollte das ebenfalls wissen, falls er nicht plötzlich ein Schwachkopf geworden war.

Oder ihn beunruhigte etwas, und dieser Gedächtnisausfall war ein Zeichen dafür. Jemars und Shilriyas Augen begegneten sich. Keiner von beiden zuckte auch nur mit der Wimper, aber als Jemar wieder wegsah, wußte er, daß sie derselben Meinung waren.

Nun zu Youris.

»Kapitän Youris, auch ich muß dich bitten, dich kurz zu fassen. Wenn das, was du sagen willst, mit meinem Anliegen zusammenhängt, sollte es vielleicht sogar warten, bis ich gesprochen habe. Oder ist es etwas Dringliches – wie das Auftauchen von Drachen?«

Ein Schweißtropfen hatte eben noch Zeit, sich auf Youris' Stirn zu bilden. Er hatte aber keine Zeit mehr, in Richtung Nase hinunterzurinnen, bevor Youris seinen Stuhl nach Jemar schleuderte und mit einem furiosen Satz, bei dem er sein Schwert zückte, lossprang.

Dieses Schwertziehen im Sprung hätte Jemar trotz dessen Schnelligkeit, Aufmerksamkeit und längeren Reichweite beinahe besiegt. Er hatte nichts als seinen Dolch zur Hand, als Youris auf ihn zustürzte. Der Stuhl hatte ihn im Gesicht getroffen und ihm die Haut am Kinn aufgerissen. Ihm brummte der Schädel.

Dennoch war er schnell genug, vor Youris' zweitem Hieb abzutauchen, aber nicht, um den Dolch in eine lebensgefährliche Stelle zu stechen. Oder auch nur eine ungeschützte – der erste Stoß traf auf Metall. Youris' zusätzliches Gewicht stammte von der Rüstung unter seiner Tunika.

Nicht schlecht geplant, dachte Jemar. Das heißt, er hat Komplizen, selbst wenn er die genauso überrascht hat wie mich. Aber wer ist es?

Jemar verwarf das subtile Vorgehen und ergriff Youris' Schwertarm. Dann stach er dem Mann nach dem Hals und verdrehte ihm gleichzeitig den Arm. Der Dolch blieb in der Stickerei der Tunika hängen und glitt von der Rüstung darunter ab. Das Armverdrehen brachte mehr Erfolg. Einen Augenblick lang konnte Youris den Arm nicht mehr bewegen. Und auch einen Moment später, als er sich loszureißen versuchte, war er immer noch nicht voll funktionsfähig.

Diese Zeit reichte Shilriya, um aufzuspringen, ihren Stuhl zusammenzuklappen und ihn Youris fest über den Kopf zu ziehen. Sie traf ihn unterhalb des grünen Huts, der Jemar immer schon an einen schlecht gemachten Pudding erinnert hatte. Youris taumelte, der Hut fiel herunter, und Shilriyas improvisierte Keule sauste noch einmal herab.

Das Holz der Stühle war zwar schlicht, aber nicht leicht. Es war Eisenholz, so fest, daß es kaum schwamm. Jetzt erwies es sich als härter denn Youris' Kopf. Der verdrehte die Augen und brach vor Jemar zusammen.

Jemar blieb kaum Zeit zurückzutreten, als die Kabinentür aufgerissen wurde. Der Erste Offizier taumelte herein. Blut strömte ihm den Arm herunter. In der unverwundeten Hand hielt er ein Entermesser. Er stach wild auf etwas ein, das Jemar nicht sehen konnte – dann sprang Kapitän Zyrub auf.

Zyrub war der größte der fünf Kapitäne und hatte deshalb die längsten Arme. Er faltete seinen Stuhl gar nicht erst zusammen, bevor er ihn niedersausen ließ. Krachend traf er etwas, dann gab es einen dumpfen Aufprall. Schließlich griff der Kapitän über den gestürzten Offizier hinweg und zerrte einen Bewußtlosen ans Licht.

Es war Youris' Diener – sein toter Diener, wenn er nicht geheilt werden konnte. Auf lange Sicht würde das dem Mann jedoch nichts helfen; die Rahnock erwartete ihn auf jeden Fall. Aber es durften nicht beide sterben, er *und* sein Kapitän, ohne das Geheimnis preiszugeben, das hinter ihrem Verrat steckte.

»Laß ihn leben!« fluchte Jemar. »Und den da auch«, fügte er mit einer Handbewegung in Richtung Youris hinzu.

Shilriya sah Jemar an, als ob er sie gebeten hätte, ihre Kabine mit Mist auszuschmücken. Dann seufzte sie. »Wie du wünschst, großer Häuptling.«

Jemar ignorierte ihren Sarkasmus. »Zyrub, du führst eine Entermannschaft von deinem und meinem Schiff auf die *Habbakuks Geschenk*. Wenn es Widerstand gibt, kämpft ihr. Wenn sie versuchen, sich abzusetzen, gebt ihr ein Signal, und wir nehmen die Verfolgung auf. Wenn sie keinen Widerstand leisten, tut ihr keinem was. Aber durchsucht Youris' Kabine gründlich. Laßt niemand anderen hinein, und wenn jemand Informationen zu bieten hat, schickt ihr ihn zu mir. Binnen einer Stunde werden genug Gerüchte im Geschwader im Umlauf sein. Ich will ihnen die Wahrheit entgegensetzen.«

Zyrubs Gesichtsausdruck verriet, daß er eher annahm, daß Minotauren Flöte spielen würden, als daß sie soviel Glück hätten. Aber er hatte schon immer eher mißmutig gehorcht – und Jemar nie Anlaß gegeben, an seiner Loyalität zu zweifeln, wenn es ernst wurde.

Nach einiger Zeit – die Jemar endlos schien – kamen ein paar seiner Männer und trugen die ohnmächtigen Verräter hinaus. Außerdem brachten sie einen Heiler für den Ersten Offizier. Jemar kniete sich neben den verletzten Mann, als der Heiler aufstand und sagte, daß er nichts tun könne.

Jemar lagen nur sinnlose Sprüche auf der Zunge wie »So wollte ich deine Heuer und deine Anteile nicht einsparen«, oder »Ich weiß, Propheten werden selten geehrt, aber das hier ist lächerlich«.

Statt dessen hielt er dem Offizier schweigend die Hand, bis sie schlaff wurde, und schloß ihm die toten Augen. Er fühlte sich von diesen Augen immer noch verfolgt, als er an Deck ging, und dieses Gefühl ließ nur langsam nach.

Er war erst einigermaßen beruhigt, als er die Entermannschaft an der *Habbakuks Geschenk* hochklettern sah und dann die Signalfahne für »Alles klar« auf der Mastspitze des Schiffes angezogen wurde.

Dieser schwachsinnige Verrat war praktisch im Keim erstickt worden. Schwachsinnig deswegen, weil Youris das Recht gehabt hätte, den Häuptling herauszufordern, wenn er dessen Posten einnehmen wollte. Hätte er Jemar dabei getötet, so wären die anderen durch Eid verpflichtet gewesen, ihm zu folgen.

Doch nach seinem Verrat hätte er die Kabine niemals lebend verlassen, selbst wenn er Jemar getötet hätte. Youris hatte keinen Ausweg mehr gewußt. Jemar wünschte unbedingt zu erfahren, aus welcher verzweifelten Lage.

So plötzlich, wie er Gerik Ginfrayson entgegengeschlagen war, zog sich der eisige Nebel wieder dorthin zurück, woher er gekommen war. Gerik wagte nicht, die Augen zu öffnen, um nachzusehen, was der Nebel jetzt tat, vor lauter Angst, der eisige Dunst würde ihn wieder anspringen und dieses Mal blenden.

Als ein Schrei durch das Verlies gellte, schlug Gerik die Augen auf, und jeder seiner Sinne war geschärft wie eine Schwertklinge. Jemand hauchte mit diesem Schrei sein Leben aus – erfüllt von Angst oder Schmerz oder beidem, jedenfalls von etwas, das normale menschliche Erfahrung überstieg.

Nicht jedoch die Erfahrungen der Opfer von Magiern.

An seinen hohen Sitz geklammert, sah Gerik das blaue Licht verblassen. Der eisige Nebel oder Rauch zog sich zu einem Ball zusammen. Fustiar stand noch, und – soweit Gerik das beurteilen konnte – er lebte noch. Seine Robe und seine Haare waren von Frost überzogen, aber er sang noch immer, als hätte er nicht eine Silbe ausgelassen, während der Eisnebel ihn umgeben hatte.

Dann berührte er den Ball aus eisigem Dunst mit seinem Stab. Der Nebel zitterte wie zerlaufender Pudding, wurde platter und nahm die Gestalt eines eckigen Gegenstandes mit vier Seiten an. Die eine Seite war abgerundet …

Ein Axtkopf. Und aus Geschichten, die nicht dazu gedacht gewesen waren, ihn zu entsetzen, es aber dennoch geschafft hatten, wußte Gerik, welcher Art dieser Axtkopf war: der Frostsplitterer eines Eisbarbaren. Es war die schrecklichste aller Kriegsäxte, aber ebenso schwierig herzustellen, selbst für die mächtigsten Zauberer der Eisbarbaren. Deshalb waren diese Waffen glücklicherweise sogar tief im Süden selten, auf den Inseln am Rand der Gletscher, wo die Eisbarbaren in ihren Hütten aus Robbenfell hausten.

Und daß hier einer hergestellt wurde – unmöglich. Doch der handfeste Beweis vor Geriks Augen sprach eine andere Sprache. Ein Frostsplitterer, geschmiedet in einem Land beständiger, feuchter Hitze, der nicht auf der Stelle schmolz! Der überhaupt nicht schmolz, soweit er das sehen konnte.

Eine innere Stimme riet ihm, abzuwarten, was aus diesem Axtkopf aus schimmernd blauem Eis werden würde. Wenn er in einer Stunde eine blasse Pfütze auf dem schmutzigen Boden des Verlieses war, hätte Gerik nichts gesehen, das man fürchten mußte. Fustiars Frostsplitterer würden denselben Naturgewalten unterliegen wie die der Eisbarbaren.

Aber es war schon genug – und zuviel –, daß er überhaupt gesehen hatte, wie ein Frostsplitterer entstand. Gerik sprang von seinem Platz auf, ohne auf den Lärm zu achten, den er dabei machte, ohne auf die Steine und Zweige zu achten, an denen er sich stieß und aufschürfte. Halb rutschend, halb fallend gelangte er auf den Boden.

Als er die Erde erreicht hatte, rannte er davon.

Shilriya kippte den Rest ihre Branntweins herunter und beugte sich über Jemars Tisch, um sich den Becher nachzufüllen. Ihre Tunika war weit ausgeschnitten wie immer, saß aber lockerer, und sie war parfümiert. Der Duft war schwerer, als Jemar es liebte, aber an Shilriya war Parfüm etwas so Seltenes, daß man es eigentlich ins Logbuch hätte eintragen müssen.

»So. Noch irgendwelche Zweifel?«

»Nein, bis auf den, ob Youris schon der Prozeß gemacht werden kann, damit wir ihn hängen können. Nur ein Vollidiot würde seine Schulden bei Synsaga aufschreiben, ohne auch nur die einfachste Geheimschrift zu verwenden.«

»Oder jemand, der kein Geheimnis hinterlassen wollte, das uns verwirrt und entzweit hätte. Statt dessen hat er alles säuberlich aufgelistet, damit wir nach seinem Tod das Rätsel lösen können und nichts zu befürchten haben.«

Die Vorstellung, daß Youris so nobel gedacht haben könnte, befremdete Jemar, aber man brauchte mehr als Branntwein, um Shilriya dazu zu bringen, Unsinn zu reden. Trotzdem, irgendwo mußte Youris ein Problem gehabt haben, wenn er sich so tief bei Synsaga verschuldet hatte – einem Mann, der ohne ausgesprochen gute Gründe weder vergab noch vergaß.

Wenn er jetzt einen Magier und einen Drachen zur Verfügung hatte, würde er sehr gute Gründe haben, alles einzutreiben, was ihm zustand. Möglich, daß er eine Macht erlangen konnte, von der selbst Könige nicht zu träumen wagten, doch nicht einmal ein Magier und ein Drache zusammen konnten das Gold einbringen, das nötig war, damit gierige Männer Synsagas Traum unterstützten.

Die meisten Menschen waren mit ihren eigenen kleinen Träumen zufrieden, bis jemand ihnen größere gab, zum Guten oder zum Schlechten.

Jemar nippte an seinem Branntwein. Es war gerade noch genug im Glas übrig, daß er ihn im Mund umherspülen konnte, wobei ihm der scharfe Alkoholdampf in die Nase stieg. Der Geruch schien seinen ganzen Kopf auszufüllen, klärte ihm jedoch den Blick, anstatt ihn zu umnebeln.

Eines sah er jetzt deutlich: Shilriya war bereit, mit ihm das Bett zu teilen. Sie würde nicht die Initiative ergreifen, was sie bei Männern recht häufig tat, aber sie war sichtlich bereit, seiner Einladung Folge zu leisten.

Was gut und schön gewesen wäre – nur, wenn er Shilriya ansah, schien er durch sie hindurch eine andere Frau zu sehen, gute zehn Jahre jünger als Shilriya, vielleicht noch mehr. Ihr Bild war auf den ersten Blick schön, auf den zweiten, längeren Blick noch mehr als das – und weit von ihm entfernt, ohne Anspruch auf ihn, und für einen Mann in Jemars Lage ein ungefähr so dummer Traum wie jeder von Youris' Träumen.

Aber die Art, wie Eskaia ihn angelächelt hatte, würde dazu führen, daß er sich in Shilriyas Bett unwohl fühlte. Und das bedeutete, daß er dieser Schlafstatt fernbleiben mußte, denn diese Frau konnte Beleidigungen kaum besser verkraften als eine Göttin!

Es bedeutete auch, daß er Eskaia wiedersehen mußte, in Abwesenheit dieser verfluchten Leibwächterin, damit er die Dame fragen konnte, was hinter diesem Lächeln lag.

Jemar trank die letzten Tropfen seines Branntweins im stillen Gedenken an Lady Eskaia und ihre Geheimnisse.

Gerik rannte. Er wußte nicht, wohin und wie lange. Er wußte nur, daß der Turm bereits außer Sichtweite war, als er wieder mehr oder weniger bei Sinnen war.

In einer Nacht wie dieser hatte das vielleicht nicht viel zu bedeuten. Es regnete nicht, aber alles andere, was er am Wetter im Kratergolf mittlerweile haßte, war da. Genau wie das gesamte nächtliche Konzert des Dschungels einschließlich der Insekten, die summten und brummten, pfiffen und sirrten und alle möglichen anderen unheimlichen Geräusche verursachten, wenn sie einen nicht gerade kitzelten, bissen oder stachen, was die meisten taten.

Gerik war noch klug genug, sich unter einen alten, festen Baum zu setzen, der wenigstens seinen Rücken schützte. Zweifellos würde er ihm bald Nüsse auf den Kopf regnen lassen – obwohl nur wenige nüssetragende Bäume so früh im Jahr reife Früchte hatten.

Die rauhe Rinde beruhigte das Jucken an seinem Rücken, obwohl sein Haar an ihr hängenblieb. Er seufzte und streckte die Beine aus, bis sie an einen umgefallenen Baum stießen. Er trat dagegen – und der Baumstamm begann sich zu bewegen.

Er sah zu, wie etwas, das nicht groß genug war für einen Drachen, aber immerhin größer als er selbst, sich auf vier weit auseinanderstehenden, klauenbewehrten Füßen aufrichtete, einen merkwürdigen Knochenkamm auf seinem Rücken aufstellte und in die Dunkelheit davonwatschelte. Eine ganze Weile konnte Gerik hören, wie die Büsche knackten und kleine Tiere ihm aus dem Weg eilten.

So. Fustiar machte also Frostsplitterer. Vielleicht sogar welche, die bestehen bleiben würden. Wenn ja, würden er und Synsaga sie verkaufen? Oder das Geheimnis verkaufen, wie man sie macht?

Ein Geheimnis. Vielleicht das erste, aber sicher nicht das letzte. Synsaga hatte keine Skrupel, die Gold nicht überwinden konnte. Fustiar besaß überhaupt keine Skrupel. (Wenn die eigene Magie Menschenopfer erfordert, kann man sich keine Skrupel leisten.)

Gerik hatte welche, mehr als ihm bisher klar gewesen war. Er hatte keine große Lust, Frostsplitterer oder sonst irgendwas, das Fustiar zu Synsagas finanziellem Nutzen beschwören wollte, auf die Welt loszulassen.

Was sollte er mit seinen Skrupeln anfangen?

Langsam wurden Geriks Gedanken immer klarer. Er beschloß, zuallererst unter diesem Baum hier – oder vielleicht oben in seiner Krone – zu warten, bis es Tag wurde. Dann würde er sehen können, in welcher Richtung der Turm lag. Wenn er den Turm nicht sah, konnte er bergab gehen. Bergab bedeutete zum Wasser, und Wasser bedeutete einen Weg zur Küste.

Aber Wege mußte man bei Tageslicht begehen. Ein Mann, der in einer Nacht wie dieser unterwegs war, konnte jemandem in den Rachen laufen, von einer Klippe stürzen oder in einen Teich voller Blutegel stolpern, die ihn binnen einer Stunde ausgesaugt haben würden.

All diese Dinge waren Männern zugestoßen, die Gerik kannte. Seine persönliche Rebellion gegen Synsaga würde damit beginnen, daß er dem Schicksal dieser Männer entging.

Er würde sie fortsetzen, indem er zum Turm zurückging.

Fustiar würde vielleicht gar nichts ahnen, wenn Gerik zurückkehrte – besonders wenn er zurückkehrte, bevor Fustiar wach und nüchtern war. Jede Flucht, selbst zurück in die Lager am Strand, würde Verdacht erregen.

Letzten Endes konnte Fustiar nichts Schlimmeres tun, als einen weiteren Frostsplitterer aus ihm zu machen, und das würde jedes Dilemma auf der Stelle lösen. Sollte es aber nicht dazu kommen, konnte Gerik Ginfrayson vielleicht noch den einen oder anderen Schlag landen, bevor er zu Boden ging.

Kapitel 2

Die *Goldene Tasse* war dem Sturm jetzt schon seit zwei Tagen ausgeliefert. Die Masten standen noch, aber die wenigen Segel, die man gerefft an den Rahen gelassen hatte, waren längst in Fetzen gerissen. Niemand wagte es, hinaufzuklettern, um sie zu ersetzen, deshalb trieb das Schiff mit nackten Masten durch den Sturm. Acht Mann hielten jeweils das Steuerrad und damit das Schiff auf Kurs. Der Rumpf war noch stabil, aber früher oder später würden einzelne Planken nachgeben.

Pirvan umklammerte die Reling und sah zu, wie die Sturmwolken über ihn hinwegtrieben. Freiwillig warf er keinen längeren Blick auf die Wellen. Hier draußen auf hoher See kamen sie ihm vor wie wilde Tiere, wie etwas, wofür er keinen Namen hatte, lang und täuschend langsam, bis sie plötzlich über einem standen. Dann fielen sie wie Hämmer aus hartem, grünem Wasser herab.

Zwei Männer waren bereits über Bord gegangen, ohne auch nur einen Schrei auszustoßen und ohne jede Hoffnung auf Rettung. Selbst mit Sicherheitsleinen war es gefährlich, sich an Deck zu wagen. Selbst unter Deck drang das Wasser durch kleinere Lecks ein und durchnäßte die Schlafplätze. Die Köche hatten den Versuch aufgegeben, das Kombüsenfeuer zu entzünden, um nicht bei lebendigem Leibe zu verbrennen oder das Schiff in Flammen zu setzen. Seekrankheit und Verletzungen durch herumfliegende Gegenstände oder Stürze fesselten zwanzig Mann an ihre Koje.

Sie würden überleben – dank Tarothin und seinen Heilkünsten. Aber dieses Heilen hatte ihn auch ausgelaugt, bis er in kaum einem besseren Zustand war als die Mannschaft.

Was mochte sie da draußen im Nordwesten erwarten, abgesehen von dem, was einem wie die Quelle aller Sturmwinde der Welt vorkam? Pirvan hatte die Matrosen reden hören – Getuschel von ein paar kühnen Reisen in diese Ferne. Dort gab es Inseln, vielleicht einen ganzen Kontinent, und viele Tiere und Pflanzen. Er hatte sogar gehört, wie sie von intelligenten Wesen redeten, manche nicht mehr als dreiste Scherze der Götter, wenn die Götter überhaupt etwas mit deren Erschaffung zu tun gehabt hatten.

Ein Schiffsjunge zupfte Pirvan am Ärmel. »Mister Pirvan. Der Drache wünscht Euch zu sprechen.« Pirvan sah den Jungen an und versuchte festzustellen, ob er die Nachricht korrekt verstanden hatte. Er versuchte auch herauszufinden, ob der Junge vor Angst oder vor Seekrankheit grün im Gesicht war. »Sag Hipparan, daß ich gleich komme.«

Sie hatten bisher noch keinen passenden Ehrentitel für den Drachen gefunden, der ihnen in dieser Hinsicht keinerlei Hilfestellung bot. Aber zumindest Tarothin, Eskaia, Haimya und Pirvan waren es nicht gewöhnt, sofort zu springen, wenn ein Wesen sie rief, dessen Existenz sie noch vor einem Jahr bezweifelt hätten.

Natürlich, ein Drache im Drachenschlaf existierte – in den Augen der Götter. Aber Pirvan und seine Kameraden auf dieser Fahrt waren keine Götter. Und jedesmal, wenn er auf die Wasserwüste blickte und dem Heulen der Winddämonen lauschte, fühlte sich Pirvan weniger gottgleich denn je.

Er folgte dem Jungen die Leiter hinunter, wobei er sich immer vergewisserte, daß er festen Halt auf der nächsten Sprosse fand, bevor er die vorherige verließ. Ein weniger vorsichtiger Mann war gestern gestürzt und hatte sich den Schädel eingeschlagen. Ohne Tarothins Kunst wäre er das dritte Opfer des

Sturms gewesen, und er lag noch immer im Bett mit Kopfschmerzen wie von neun Katern zugleich.

Die Luke zum Hauptdeck konnte bei diesem Sturm nicht geöffnet werden, daher verlief der Zugang zu Hipparans Quartier durch eine Tür, die in das Achterschott gesägt worden war, und dann über eine Art schmalen Sims zur Leiter. Jedesmal, wenn das Schiff nach Backbord rollte, klammerte Pirvan sich an die Haltegriffe und wartete darauf, daß die Bretter einbrechen würden. Jedesmal, wenn es nach Steuerbord kippte, wurde er platt gegen den Rumpf gedrückt, bis er davon überzeugt war, gleich durch die Planken in den Ozean zu stürzen.

Irgendwie geschah jedoch keines von beidem, und nach einer Zeit, die ihm wie mehrere Tage vorkam, saß er mit Haimya, Tarothin und Eskaia im Stroh. Das Stroh war mittlerweile ziemlich lange nicht gewechselt worden.

Immer, wenn die *Goldene Tasse* kippte, rutschten sie allesamt hin und her und klammerten sich an jeden erreichbaren Halt, einschließlich aneinander. Einmal prallten alle vier Menschen in einem Knäuel gegen Hipparan, obenauf Lady Eskaia mit dem Kopf in Tarothins Schoß und den Beinen über seinen Schultern.

Sie hätte vielleicht weniger lang und laut gelacht, wenn Tarothins Gesicht nicht die Farbe einer reifen Kirsche angenommen hätte.

Schließlich unterbrach Hipparan das Gelächter mit einem Hüsteln. Das Drachenhüsteln, fand Pirvan, klang mehr wie das Glucksen eines verstopften Kanalrohrs und war ein Geräusch, das Hipparan immerhin die ungeteilte Aufmerksamkeit der Anwesenden einbrachte.

»Wenn dieser Sturm schlimmer wird, haben wir wenig Zeit«, sagte der Drache. »Ist es richtig, daß das Lösegeld für Gerik Ginfrayson ein kleines und leichtes Bündel ist?«

»Äh …«, begann Haimya.

»Ja«, sagte Eskaia kurz und bündig. »Ich gehe davon aus, daß du nichts weiter darüber wissen mußt?«

»Wenn du glaubst, ich wollte euch betrügen und das Lösegeld einem Hort zuführen, den ich weder habe noch brauche …«, sagte Hipparan halb erbost, halb erheitert.

»Friede«, sagte Pirvan. »Darf ich annehmen, daß du dich anbieten willst, das Lösegeld zu Synsaga zu fliegen?«

»Allein das Lösegeld ohne Menschen, die verhandeln, wäre nutzlos«, fauchte Hipparan. »Selbst wenn Synsagas Männer mir nicht nach dem Leben trachten, was ist mit diesem schwarzen Drachen? Vielleicht ist er ein Gerücht, vielleicht aber auch nicht. Ich muß Menschen mitnehmen, die das Lösegeld abliefern, wenn ich mit einem Feind fertig werden muß.«

Sein Ton war hochnäsig, voller Verachtung für den mangelnden Durchblick der Menschen. Pirvan beachtete nicht den Ton, sondern das Angebot. Hipparan sagte, daß er bereit war, sein Leben aufs Spiel zu setzen, indem er in den Sturm flog, um ihre Aufgabe zu vollenden – wenn Menschen bereit waren, denselben Mut aufzubringen.

»Ich weiß nicht mehr darüber, wie man auf Drachen reitet, als jeder andere heutzutage«, sagte Pirvan. »Auch nicht weniger. Aber ich verstehe etwas vom Verhandeln, bin geschickt und leise. Und ich beherrsche einen einfachen Zauber, der sich als nützlich erweisen könnte, und besitze einen Dolch, der mir helfen wird.« Er stand auf und stützte sich an Hipparans Hals ab.

»Keiner sollte ohne Rückendeckung in Synsagas Lager gehen«, sagte Haimya. Sie schloß sich Pirvan an und hängte sich zu dessen großer Überraschung bei ihm ein. Das sollte sie natürlich nur davor bewahren, beim nächsten Schaukeln auf der Nase zu landen.

Tarothin stand gerade auf, als Hipparan wieder hüstelte. »Bei allem gebotenen Respekt, guter Zauberer, du wirst hier mehr gebraucht. Außerdem fürchte ich, daß ich nicht mehr als zwei zur Küste bringen kann, wenn ich noch einen dritten mit zurück fliegen soll. Gerik ist ungefähr von durchschnittlicher Statur, ja?« fragte er bei Haimya nach.

Sie nickte. Dann erschrak sie, weil auch Lady Eskaia sich erhob.

»Ich bin die leichteste von uns vieren«, begann sie.

»Aber auch die wertvollste«, wandte Hipparan ein.

»Diejenige, mit der Synsaga am ehesten verhandeln würde«, beharrte sie.

»Diejenige, die er am allerliebsten als Geisel nehmen würde«, knurrte der Drache. Haimya wirkte erleichtert, daß sie nicht dasselbe sagen mußte. Pirvan und Tarothin achteten sorgfältig darauf, daß ihre Miene keine Regung verriet.

Also würden Pirvan und Haimya sich auf den Weg machen – mit dem Lösegeld, einem Brief von Eskaia, in dem stand, daß sie volle Verhandlungsfreiheit hatten, und mit allem, was sie brauchten, um den Flug und die Landung zu überleben.

»Natürlich möchte ich wetten, daß der Sturm in dem Moment endet, wo ihr alle abhebt«, sagte Eskaia mit einem gezwungenen Lächeln.

»Ja, und wenn sie nicht bald abheben, wird der Sturm das Schiff mit der gesamten Besatzung und dem Lösegeld dazu versenken«, grollte Tarothin. »Wie Hipparan schon sagte, uns bleibt nicht viel Zeit. Also, an die Arbeit.«

Pirvan hatte das eine oder andere Mal von Drachen geträumt. Sie waren tief im menschlichen Gedächtnis verankert und stiegen zuzeiten, in den Stunden der Finsternis, an die Oberfläche.

Er hätte sich nie träumen lassen, wie schwierig es war, auf einen Drachen zu reiten. Besonders auf einem hausgroßen Drachen, der aus dem Laderaum eines vom Sturm umhergeworfenen Schiffes abfliegen mußte, ohne die Takelage, das Wasser oder die Reling zu berühren, und am besten noch, ohne überhaupt auch nur die Luke zum Laderaum zu öffnen.

Letzteres war allerdings unvermeidlich, machte Tarothin ihnen klar.

»Wenn ein Drache sich nicht von einem Ort an einen anderen wünschen kann, kann kein menschlicher Zauberer das sicher für ihn übernehmen. Die entsprechenden Sprüche taugen für Menschen, vielleicht noch für Pferde und Reiter. Ich beherrsche noch nicht einmal diese vollständig. Wenn ich versuchte, einen Drachen und zwei Reiter fortzuwünschen, würde ich sie in den sicheren Tod schicken.«

»Wir werden noch mehr Leute in den Tod schicken, wenn das Schiff durch die offene Luke volläuft«, gab Eskaia zu bedenken.

Sie stritten eine Weile über dieses Problem und fanden schließlich eine Lösung, die immerhin einen Vorteil hatte: Sie brachte niemanden in Gefahr, bis auf Hipparan und seine Reiter.

Sie würden das Reitgeschirr und die Ausrüstung der Drachenreiter schon im Laderaum vorbereiten, die Sachen und die Reiter gleichermaßen festzurren. Dann sollten ein paar Matrosen die Luke öffnen und einige andere sie im Schutz des Vorkastells schnell an starken Tauen zurückziehen. Ein Mann würde die Windrichtung anzeigen.

In dem Moment, wo Hipparan Abwind von Aufwind unterscheiden konnte, würde er sich abstoßen. Ein Sprung an Deck, ein zweiter in die Luft – und begleitet von den Gebeten aller und von jedem Spruch, den Tarothin für nützlich und sicher hielt, konnte der Lösegeldflug beginnen.

Nicht, daß dieser Plan frei von Gefahren gewesen wäre – sie brauchten Glück und mußten den richtigen Zeitpunkt erwischen. Außerdem mußte man blind darauf vertrauen, daß das Geschirr stark genug war, denn ausprobieren und nachbessern konnte man es nicht. Wenn beim Absprung etwas riß, würde mindestens ein Reiter einen Heiler brauchen, und der zweite wäre allein und ohne Rückendeckung unterwegs.

Da diese Aussichten weder Haimya noch Hipparan schreckten, beschloß Pirvan, nicht als einziger zur Vorsicht zu mahnen, was in dieser Situation zu sehr nach Feigheit gerochen hätte. Wieder einmal fragte er sich, wie viele Helden wohl durch den männlichen Wunsch, kein Feigling zu sein, geboren wurden.

Was die Drachenreiter mit sich nahmen, entsprach beinahe schon dem Gewicht eines dritten Reiters. Ein Teil davon, nämlich Verpflegung und Wasser, würde verzehrt werden. Aber der Rest umfaßte Waffen, Schlafrollen, ein leichtes Zelt, Schwimmgürtel, Ersatzkleider und Stiefel, einen Heilerbeutel, eine Laterne und vieles andere, von dem Haimya Pirvan versicherte, es sei nützlich oder notwendig, auch wenn er nicht wußte, was es war.

Pirvan war bereit, sich im Zweifelsfall ganz auf Haimyas Erfahrung zu verlassen. Schließlich war sie schon ins Feld gezogen, und er war eindeutig ein Stadtbewohner, trotz seiner merkwürdigen Mischung von Fähigkeiten. Aber er sprach doch die Frage an, wie sie das alles durch den Dschungel schleppen sollten.

»Oh, das sind doch höchstens siebzig bis achtzig Pfund für jeden«, sagte Haimya gutgelaunt. Dann lachte sie angesichts von Pirvans zweifelnder Miene. »Außerdem werden wir wahrscheinlich viel davon irgendwo verstecken, bevor wir uns dem Lager nähern, und es dann später wieder abholen. Und auf dem Rückweg kann Gerik seinen Anteil bestimmt selber tragen.«

Aber das stimmte nur für den Fall, daß *sie* nicht *Gerik* tragen mußten oder es so eilig hatten, daß sie es nicht riskieren konnten, sich auf dem gleichen Weg davonzumachen, auf dem sie gekommen waren. Pirvan sah jedoch keinen Grund, ihren Abflug durch nutzlose Einwände zu verzögern. Je schneller sie aufbrachen, desto wahrscheinlicher würden sie das Überraschungsmoment auf ihrer Seite haben, und bei derartigen Angelegenheiten kam es darauf besonders an.

Matrosen durchsuchten die *Goldene Tasse* nach Leder, Seilen und Ketten, aus denen man Sättel und Reitgeschirr machen konnte. Der Seiler übernahm persönlich die Verantwortung für ihren Bau. Als das Geschirr schließlich fertig war, hätte es das Gewicht eines Pferdes mit Wagen ausgehalten, ganz zu schweigen von zwei Menschen.

Trotz Haimyas Einwänden wurde der größte Teil der Ausrüstung in Säcken über dem Geschirr verteilt. Pirvan erinnerte die Leibwächterin daran, daß sie vielleicht urplötzlich kämpfen mußten und dies besser unbelastet tun sollten. Er vermied es zu erwähnen, daß es besser wäre, schwimmen zu können, falls sie herunterfielen, statt vom Gewicht ihrer Ausrüstung wie Steine in die Tiefe gezogen zu werden.

Hipparan war weniger diskret. Haimya erbleichte, und Pirvan legte ihr einen Arm um die Schultern. Sie wehrte ihn nicht ab, und dann wurden beide rot, als Jubelrufe rundherum ausbrachen. Seinem Gesichtsausdruck nach wäre Hipparan am liebsten in den Jubel eingefallen, während Haimya, ihrem Gesicht nach zu urteilen, am liebsten alle Zuschauer in Frösche verwandelt hätte.

Sie mußten sich im Schiffsrumpf verabschieden, während der Orkan über die geschlossene Luke hinwegfegte. Dennoch war das Stroh inzwischen durchweicht, und jedesmal, wenn das Schiff kippte, schwappte schmutziges Wasser, das noch nicht den Weg in den Kielraum gefunden hatte, hin und her.

»Tja, Kleiner Bruder«, sagte Grimsor Einauge. »Das ist nicht das Lebewohl, das ich erwartet hatte.«

»In der Tat«, erwiderte Pirvan. »Seidenlaken und hübsche Mädchen machen ein schönes Totenbett. Aber das hier wird vielleicht kein Totenbett, und das Mädchen ist auf jeden Fall hübsch genug. Ehrlich, ich wette um den Preis von einem Satz Seidenlaken, daß wir zurückkommen.«

»Wer zahlt, wenn du verlierst?«

»Frag Lady Eskaia.« Pirvan wies mit dem Kopf auf die andere Seite des Raums, wo die zwei Frauen sich ungeschickt umarmten und sich bemühten, weder zu weinen noch zu fallen.

»Hm.« Grimsor senkte die Stimme. »Ein paar von den Jungs sagen, daß es ihnen egal ist, ob ihr zurückkommt, Hauptsache, wir sind den Drachen los.«

»Ach, so was sagen die?«

»Mit denen werde ich aber schon fertig.«

»Tarothin …«

»Na, erlaube mal, Bruder, Matrosen sind Matrosen. Die kriegen meine Faust ins Gesicht und nennen das einen fairen Kampf. Bei Tarothin dagegen würden sie aufschreien, und wer weiß, wer zuhört.«

»Wie du meinst«, sagte Pirvan.

Sie hielten sich an den Schultern, dann stand plötzlich Haimya neben Pirvan, und es wurde Zeit, den Drachen zu besteigen.

»Fertig, oben!« schrie jemand. Jedenfalls hörte sich das, was über das endlose Knarren des Schiffes und das Heulen des Sturms hinweg zu ihnen durchdrang, danach an.

»Fertig, unten!« antwortete Pirvan. Haimya sagte nichts, sondern griff mit einer Hand nach dem Geschirr und tätschelte mit der anderen Hipparan.

»Mit beiden Händen festhalten, und keine Sentimentalitäten, junge Dame«, knurrte der Drache. »Ihr glaubt doch nicht, ich würde das hier tun, wenn ich nicht dächte, daß ich euch noch etwas schuldig bin?«

Jede menschliche Antwort wurde von dem nachfolgenden

Lärm verschluckt – von dem Quietschen des weggleitenden Lukendeckels, dem Knall, als er auf das Deck fiel, und dem Aufschrei, als der Sturm in das Unterdeck drang. Haimya griff mit der zweiten Hand zu und lehnte sich mit geschlossenen Augen in ihrem Reitgeschirr zurück. Pirvan hielt die Augen offen – bis Hipparans erster Sprung sie ihm tief ins Innere seines Schädels zu drücken schien.

Erst an Deck schlug Pirvan die Augen wieder auf, und prompt versuchte der Wind, sie ihm wieder zuzublasen. Pirvan fiel ein Bild von einem Ritter aus Humas Zeiten ein, der auf einem Drachen ritt. Er hatte etwas über den Augen getragen. Aber jetzt war es zu spät, darüber nachzudenken.

Die Matrosen riefen und winkten. Pirvan konnte sie nicht hören. Er hätte über den Sturm hinweg nicht einmal den lobpreisenden Gesang von tausend Klerikern vernommen. Er hob eine Hand, um zu winken – und hielt sich so nur mit einer Hand fest, als Hipparan in den Sturm sprang.

Einen Augenblick lang sah Pirvan die Wellen oben und den Himmel mitsamt den Masten der *Goldenen Tasse* unten. Ihm fiel auf, daß jetzt mehr als nur ein paar Seile gemeinsam mit den Segeltuchfetzen lose im Wind flatterten. Der Drache schien nach unten zu fallen, die Wellen griffen nach ihm, hielten inne – und begannen schließlich zurückzuweichen.

Als Hipparan sich endlich umdrehte, um richtig herum zu fliegen, hielt Pirvan sich mit beiden Händen fest. Er hatte sogar die Augen offen – obwohl das erste, was er sah, in ihm den Wunsch erweckte, sie gleich wieder zu schließen.

Hipparan stieg eilig zu den Wolken auf. Sie flogen zu hoch für die Gischt, aber nicht für den Regen. Durch den Wasservorhang hindurch sah Pirvan die *Goldene Tasse*, die bereits zur Größe eines in der Badewanne dümpelnden Schiffes geschrumpft war.

Nur daß kein Badewasser je diese unheimliche graue Farbe oder die seltsam gekräuselte Oberfläche des sturmgepeitschten Ozeans gehabt hätte. Und Spielzeugschiffe waren immer heil und bunt, nicht zerfetzt und düster.

Dann tauchte Hipparan in die Wolken ein. Pirvans letzter Blick galt Haimya, die ihre Augen so fest zusammengekniffen hatte und so blaß war, daß er kaum erkennen konnte, ob sie noch lebte. Er sandte ein Stoßgebet an Habbakuk und schloß selbst die Augen, denn jetzt gab es nichts mehr zu sehen.

Kapitel 3

Für eine Zeit, die kein Mensch hätte messen können, war die Welt nur Sturm, und nur ein Drache war außer dem Sturm noch in Bewegung, ein Drache, der zu sehr darum kämpfte, in der Luft zu bleiben, als daß er mit seinen Reitern hätte reden können. Pirvan hatte noch nie gehört, daß der *Abgrund* ein endloser Sturm wäre, durch den man auf dem Rücken eines Drachen ritt. In jedem Fall müßte es dann ein böser Drache sein.

Er schaute nach unten und sah Hipparans unverändert kupferfarbene Schuppen. Nein, nicht ganz unverändert. Sie waren heller als vorher, als wären sie naß oder poliert oder …

Die Wolken verwandelten sich von grau in weiß, dann blieben sie zurück, als Hipparan ins Sonnenlicht stürmte. Pirvan fror wie noch nie in seinem Leben. In der plötzlichen Stille des Himmels über den Wolken glaubte er, Zähneklappern zu hören. »Haimya?«

»J-J-Ja?«

Es waren also Haimyas Zähne, die klapperten, obwohl seine eigenen auch nicht ganz still hielten – überhaupt nicht, um genau zu sein. Seine nächsten Worte klangen etwa so:

»Al-l-l-l-es in O-Ordnung?«

Er war sich nicht sicher, ob sie ihr »Ja« lachte oder stammelte.

»Sehr gut«, sagte Hipparan. »Ich weiß, es ist hier oben kalt für Menschen, die bis auf die Haut durchnäßt sind. Auch für mich ist es nicht besonders angenehm. Aber ich wage es vorläufig nicht, wieder nach unten zu gehen. Manche Wolken hängen direkt über dem Wasser. Ich kann in den Wolken nichts sehen, und ich darf nicht über die Wellen streichen, nicht bei diesem Sturm.«

»So etwas hätten wir auch bestimmt nicht von dir verlangt«, sagte Haimya. Jetzt hätte Pirvan über ihren inbrünstigen Tonfall am liebsten gelacht. Vermutlich war sie genauso froh wie er, wieder das Sonnenlicht zu sehen, aber sie würde sich zweifellos eher die Fingernägel herausreißen lassen, als so etwas zuzugeben.

Hipparan beschrieb zwei große Kreise, bei denen er zur Sonne hochblinzelte, um seine Position und den besten Kurs zum Kratergolf zu bestimmen. Pirvan hoffte, daß der Drache sich mit Navigation auskannte, ließ aber kein Wort des Zweifels über seine Lippen kommen.

Er hätte Hipparan auch dann für einen jungen Drachen gehalten, wenn Tarothin ihm Hipparans Alter nicht genannt hätte. Der Drache hatte das verbreitete Laster der aufgeweckten Jugend – er gab vor, mehr zu wissen, als er tatsächlich wußte. Wenn dann jemand seine Behauptungen hinterfragte, schmollte er.

Es war ein Laster, das Pirvan sehr vertraut war – und denen, die es ihm mit gutem Zureden, Geschimpfe und Schlägen ausgetrieben hatten, noch mehr. Er hoffte, daß Hipparan keine ganz so schmerzhafte Reise von der Jugend zur Weisheit vor sich hatte, aber das hing allein vom Willen der Götter ab.

»Herrin, es wird Zeit, das Deck zu verlassen. Ihr holt Euch den Tod, wenn eine von diesen Wellen über Euch zusammenschlägt.«

Lady Eskaia mußte ein ganzes Stück nach oben sehen, um Grimsors eine Auge anzuschauen. Er grinste auf sie herab wie ein nachsichtiger Onkel auf seine Lieblingsnichte.

»Ich kann nicht noch nasser werden, Grimsor.« Tatsächlich

kam sie sich schon jetzt so vor, als wäre sie voll bekleidet in einen Teich gesprungen. Aufgrund der Blicke, die man ihr schenkte, fragte sie sich, ob ihre Sachen vielleicht an interessanten Stellen klebten.

Sie griff nach der Sicherheitsleine und starrte weiterhin in die Wolken, die Haimya und Pirvan mitsamt dem Drachen verschlungen hatten.

»Herrin, ich möchte Euch nicht hochheben und tragen …«

»Das möchte auch ich nicht. Wir sind also derselben Meinung.«

»Wie Ihr wünscht. Aber Tarothin ist mit den Kranken, die wir bisher haben, schon voll ausgelastet. Es könnte zuviel für ihn sein, Euch auch noch vom Lungenfieber heilen zu müssen.«

Das stimmte. Außerdem würde sie bei Lungenfieber selbst nach erfolgter Heilung noch schwach sein. Nasse Kleider, ein nasses Bett auf einem nassen Schiff, kein warmes Essen, nicht einmal etwas zu trinken – nicht nur die Armen ohne Heiler erlagen dem Lungenfieber, wenn die Umstände zu widrig waren.

Sie wollte aufrecht stehen können, wenn sie Haimya ihrem Verlobten anvertraute, nicht in einem feuchten Bett vor sich hin röcheln.

»Hier.«

Grimsor zog sein Kapuzenhemd aus und reichte es ihr. Er konnte noch nicht lange an Deck sein; es war noch trocken.

»Und wer holt sich jetzt den Tod?« fragte sie und deutete auf seine breite, bloße Brust.

Plötzlich brach ein Donnerschlag über sie herein. Schreie gellten durch die Luft.

»Runter!« brüllte Grimsor.

Eskaia wollte sich aufs Deck werfen, flog stattdessen jedoch durch die Luft. Ein Matrose fing sie auf, warf sie nieder und bedeckte sie mit seinem eigenen Körper, als allen auf dem

Deck der *Goldenen Tasse* der Himmel auf den Kopf zu fallen schien.

Es war nicht der Himmel. Es war nur der Hauptmast, der seitlich über Bord ging, gefolgt vom neuen Fockmast. Der Besanmast hielt gerade noch lange genug, daß Eskaia taumelnd aufstehen konnte, dann gesellte er sich zu den anderen beiden im Wasser.

Es dauerte eine kleine Ewigkeit, bis es keine Seile, Blöcke, Rahen und andere Teile der Ausrüstung, die Schiffe hoch in ihren Masten tragen, mehr zu Boden regnete. Das meiste davon ging gnädigerweise gleich über Bord. Einige Stücke allerdings donnerten wie Steine von einem hohen Dach herunter, um alles zu zerschlagen, was am Boden lag.

Zum Glück wurden kaum Menschen getroffen. Diejenigen, die draußen gewesen waren, als der Drache abflog, waren größtenteils wieder nach unten gegangen, und nur eine Handvoll Leute tat oben ihre Pflicht.

Aber einige von ihnen waren niedergestreckt worden, unter ihnen Grimsor. Er lag am Schanzkleid, und das Wasser überspülte ihn, als das Schiff wilder denn je hin- und herschlingerte. Ein häßlicher roter Strich verlief über seiner Brust. Eskaia sah sich nach einem Halt um, konnte aber keinen entdecken, und riskierte es, das Deck ungesichert zu betreten.

Zwei Schritte, und es neigte sich unter ihr. Sie kämpfte um ihr Gleichgewicht, verlor den Kampf und schlitterte sitzend über das geneigte Deck, genau gegen Grimsors Brustkorb.

Als er in Flüche ausbrach, was sie sogar über den Sturm hinweg vernehmen konnte, war das ein wunderbares Geräusch, bewies es doch, daß Grimsor noch am Leben war. Er zog sich mit einem Arm hoch, klemmte sich Lady Eskaia unter den anderen und schwankte zum Achterkastell zurück.

Er hatte sie zu fest gequetscht, als daß sie gleich hätte reden können, nachdem er sie abgesetzt hatte. Dann neigte sich das Schiff wieder zur Seite, so weit, daß Eskaia hörte, wie die

Flüche zu Gebeten wurden. Es schien unvorstellbar, daß die *Goldene Tasse* sich je wieder aufrichten könnte.

Aber das Schiff schaffte es.

In dem flüchtigen Moment, in dem sie reden konnten, ohne sich und um ihr Leben fürchten zu müssen, erklärte Grimsor, was es mit seiner Wunde auf sich hatte. »Ist von einem Seil, das mich auf Brusthöhe abgefangen hat, bevor ich über Bord gehen konnte. Gibt eine wunderschöne Schürfwunde und vielleicht auch einen Rippenbruch, schlimmstenfalls zwei, aber nichts Ernstes.«

Eskaia streifte mühsam Grimsors Hemd ab und reichte es ihm. Sein Blick verriet ihr zu spät, daß sie dabei auch ihr eigenes Gewand abgestreift hatte. Sie stand in zwei übereinander liegenden triefnassen Unterkleidern da, die mehr enthüllten, als ihr lieb war, und sie selbst unter Deck jämmerlich frieren ließen. »Danke, Grimsor. Jetzt kann ich mir in meiner Kabine trockene Kleider suchen.«

Falls es so etwas an Bord noch gab, und falls es eine Rolle spielte, ob man trockene Kleider anzog, wenn man damit rechnen konnte, binnen Stunden in nassen Sachen zu sterben. Dieser Gedanke ging Eskaia nur kurz durch den Kopf. An seine Stelle trat ein Entschluß: Wenn sie schon sterben mußte, dann wenigstens so, wie es einer Tochter des Hauses Encuintras ziemte. Ihr Ehrenkodex war nicht so streng wie, beispielsweise, derjenige der Ritter von Solamnia, aber er untersagte es einem, im Bett zu sterben, nur weil man sich selbst zu leid tat, um anderen zu helfen, denen es noch schlechter ging.

Hipparan brauste mit dem Nordwind auf den Kratergolf zu. Er flog schneller, als jedes Schiff es vermocht hätte, vielleicht noch schneller als der Sturmwind selbst. Pirvan fand den Wind, der ihm ins Gesicht schlug, so heftig, daß er die meiste Zeit die Augen geschlossen hielt.

Haimya und Pirvan kämpften darum, wach zu bleiben. Beide wußten, daß sie sonst in den Schlaf sinken würden, der kurz vor dem Gefrieren kam, in den Schlaf, aus dem kaum jemand erwachte.

Während die Stunden vergingen, überstieg die Sonne den Zenit und begann ihren Abstieg im Westen. Und mit dem Verstreichen der Zeit begannen die grauen Wolkentäler und -hügel unter ihnen stellenweise den Blick auf das Meer freizugeben.

Bei Sonnenuntergang flogen sie tief über einem Ozean, der eher unruhig als stürmisch wirkte. Obwohl sie stetig gen Süden flogen, war es wegen der niedrigeren Flughöhe wärmer. Jetzt konnten sie es wagen, einzuschlafen.

Pirvan erwachte irgendwann des Nachts. Er konnte sich vage an einen Traum erinnern, der ihn erschreckt haben mußte. Haimya schlief noch, und Hipparans große Schwingen schlugen nur noch einen gleichmäßigen, fast lethargischen Takt.

Im Mondlicht sah der Dieb, daß sie bis auf die Höhe der Wellenkämme gesunken waren und der Spur des Mondlichts über das Wasser folgten. Die Luft war feucht und beinahe warm, und ein leichter Duft ließ das nahe Festland erahnen. Sie flogen viel langsamer, so daß Pirvan jetzt die Augen gegen den immer noch kräftigen Wind offenhalten konnte.

»Wir sind nicht mehr weit vom Kratergolf entfernt«, sagte Hipparan. »Aber wir haben ein Problem.«

»Warum überrascht mich das nicht?« fragte Pirvan. Ein Gähnen machte seine Worte beinahe unverständlich.

Hipparan klappte den Kamm zur Seite und ließ ein sarkastisches Lachen erklingen.

»Willst du es wirklich erfahren? Verzeihung, dies ist nicht die rechte Zeit für Scherze.«

Wenn das auch noch nicht die erste echte Entschuldigung war, die Hipparan je ausgesprochen hatte, kam es ihr doch sehr nahe. Pirvan lauschte mit offenem Mund den Erklärungen des Drachen.

»Sie haben wirklich einen schwarzen Drachen im Golf. Er hat sich umgesehen, ob noch andere Drachen in der Gegend sind, und er hat mich wahrgenommen.«

»Weiß er, wo du bist?« fragte Pirvan.

Hipparan schwieg einen Moment. »Das bezweifle ich. Aber wenn ich gespürt habe, daß er böse ist, dann muß er auch gespürt haben, daß ich gut bin.«

Pirvan brauchte eine Augenblick, um diese Nachricht zu verdauen. Bevor er etwas erwidern konnte, erschauerte Hipparan.

»Ich frage mich, was er jetzt tun wird«, sagte der Drache mit seltsam ferner Stimme. »Auch er muß geglaubt haben, er wäre allein und sollte einem bestimmten Zweck dienen, den er niemals erfahren würde.«

»Aber ...wenn dort ein Magier ist ...?« warf Haimya ein, die mittlerweile ebenfalls aufgewacht war.

Wenn Drachen ausspucken könnten, hätte Hipparan das jetzt getan. »Soviel zu Magiern! Nicht einmal die rechtschaffensten Leute haben ihren Drachen immer alles gesagt, was sie wissen mußten. Wir alle erinnern uns daran, und ich möchte wetten, daß der Schwarze im Unwissen gelassen wurde.«

»Er tut mir leid«, sagte Pirvan.

Diesmal hielt das Schweigen so lange an, daß Pirvan sich fragte, ob sein Mitleid mit dem schwarzen Drachen Hipparan gekränkt hatte. Dann erschauerte der Kupferdrache, und einen Moment lang kam sein Flügelschlag aus dem Takt. Er verlor genug an Höhe, um Pirvan nervös zu machen, ehe er wieder gleichmäßig weiterflog.

»Dann ist es kein Wunder, daß du mich so behandelt hast, wie du es tatest. Du ... du würdest nichts und niemanden als Werkzeug benutzen und dann einfach wegwerfen. Was das für mich bedeutet ... in einer solchen Situation ...«

Der Drache schwieg, und in der Stille versuchte Pirvan zu begreifen, was er gerade gehört hatte. Er brauchte nicht lange dazu, nachdem er sich Hipparan schließlich als Knaben vorstellte, den man auf eine Männerfahrt geschickt hatte, hinaus in eine Welt, die er nicht kannte und wo er nicht erwarten durfte, andere Drachen oder auch nur menschliche Freunde zu finden.

Aber er hatte sie gefunden, Menschen, die ihn aus der Gefangenschaft befreit hatten, die seine Wunden geheilt hatten, welche vielleicht zu seinem Tod geführt hätten, und die ihm die Wahrheit gesagt hatten. Jedenfalls soviel, wie sie selbst davon wußten, damit er selbst entscheiden konnte, ob er ihnen helfen wollte, den Rest zu erfahren.

Aber eigentlich hatte sich die Frage nicht wirklich gestellt. Die ganze Zeit, in der Hipparan sich darüber empört hatte, daß die Menschen ihm etwas schuldig wären, war seine Schuld den Menschen gegenüber gewachsen. Ein ehrlicher Drache konnte das nicht abstreiten.

Natürlich mußte ein guter Drache ehrlich sein. Aber *so* ehrlich? Pirvan fragte sich, ob er gerade etwas Neues über Gut, Böse und Neutralität gelernt hatte. Er wünschte, Tarothin wäre da.

»Also gut«, sagte Pirvan. »Ich finde, wir sollten an den Hängen dieses Berges im Osten des Flusses Ewide landen. Nicht an dem hohen mit dem See im Krater, sondern an dem kleineren, der näher an der Küste liegt. Wir machen einfach unsere Taschen los und lassen dich fliegen, während wir uns verstecken und auspacken. Wenn wirklich jemand zuschlägt, werden wir schwer zu finden sein, und du bist weit draußen auf See.«

»Ich dachte, *ich* wäre hier der Soldat«, murrte Haimya.

»Bist du auch. Aber keiner von uns weiß viel über Kriegsführung auf dem Rücken eines Drachens, also können wir beide sprechen.«

»Sehr richtig«, sagte Hipparan. »Haimya?«

Sie lachte. »Es ist ein guter Plan. Nur die Drachenangst macht mir Sorge. Ich habe gehört, daß böse Drachen sie anwenden können. Weißt du, ob der Schwarze es kann?«

»Nein, und ich kann es nicht in Erfahrung bringen, ohne daß er genausoviel oder mehr über mich erfährt«, antwortete Hipparan. »Es gibt Zeiten, wo gegenseitiges Nichtwissen am sichersten ist.«

Das verstieß gegen alles, was Pirvan je gehört hatte, und er vermutete, daß sich auch seiner Begleiterin die Haare sträubten. Aber unter diesen – nun ja, *merkwürdigen* – Umständen schien es das beste zu sein.

Als ob der Sturm seine gewaltige Kraft erschöpft hätte, als er der *Goldenen Tasse* die Masten raubte, begann der Wind bald danach abzuflauen. Die Matrosen setzten ihr Leben aufs Spiel, als sie mit Äxten und Messern die Überreste der gefallenen Masten abhackten, bevor diese Löcher in den Rumpf schlugen.

Ein paar andere Matrosen brachten es fertig, ein notdürftiges Segel am Stumpf des Fockmastes anzubringen. Das hielt das Schiff davon ab, wie ein Baumstamm herumzurollen, bis es sich irgendwann überschlug. Es wurde möglich, aufzustehen und sogar herumzulaufen, ohne wie ein Affe auf allen vieren gehen zu müssen. Die Männer konnten sogar arbeiten, ohne befürchten zu müssen, daß sie sich dabei alle Knochen brachen.

Eskaia arbeitete bis nach Einbruch der Dunkelheit. Sie half Tarothin bei kleineren und größeren Heilungen, bis sie so erschöpft war wie noch nie zuvor in ihrem Leben. Aber Tarothin ging es kaum anders, nachdem er in so kurzer Zeit soviel Magie angewendet hatte. Der Topmaat und Grimsor Einauge mußten ihn in sein Bett tragen, das in Lady Eskaias Kabine stand.

Als der Koch schließlich – ganz ohne Magie – das Wunder eines heißen Tees vollbracht hatte, war der Zauberer gerade wieder so wach, daß er ihn trinken konnte. Dann sank er wieder in die Kissen und schenkte Eskaia ein mattes Lächeln.

»Danke ist ... nicht genug«, sagte er.

Sie erwiderte sein Lächeln. »Bis du morgen wieder ganz bei Kräften bist, reicht das.« Dann wurde sie rot, weil sie merkte, zu welchem deftigen Scherz das Ungesagte verleitete.

Doch der Scherz kam nicht. Tarothin war ein Edelmann. Statt dessen winkte er Grimsor Einauge zu. »Freund, kannst du in meine Kabine gehen und aus der Truhe unter meiner Koje das dickste der drei Bücher dort holen, das mit dem silbernen vierblättrigen Kleeblatt auf dem Deckel ...?«

»Ein Zauberbuch?« sagte Grimsor zweifelnd.

»Man darf es ruhig nehmen und forttragen«, sagte Tarothin. »Ich komme ziemlich viel herum und hätte nichts davon, aus Versehen Gastwirte oder Stallburschen umzubringen. Nein, das Buch ist sicher, solange du es nur mitnimmst und direkt hierherbringst. Laß es nicht fallen, versuch nicht, es aufzuschlagen, und laß es nicht von wildem Wasser naß werden – das heißt, von Wasser, das vom Himmel fällt, falls du es nicht weißt.«

»Das ist unter Deck sowieso selten, oder wir haben größere Probleme, als ich mir ausmalen möchte«, sagte Grimsor und erhob sich stöhnend.

»Tut dir die Rippe weh?« fragte Eskaia.

»Etwas«, erwiderte Grimsor. »Aber immerhin konnte ich damit diesen Berg von einem Zauberer hierhertragen. Dann wird es auch noch für seine Bücher langen. Außerdem, selbst wenn nicht, im Augenblick könnte unser Freund hier nicht einmal eine kranke Kakerlake heilen.«

Eskaia verzog das Gesicht. »Wer würde das schon wollen?«

»Ein neutraler Zauberer«, sagte Tarothin und schlief wieder ein.

Hipparan fegte weit im Norden des Kratergolfs über die Küste heran und blieb im Tiefflug. Er hätte genauso leicht im Landesinneren bis zum Süden des Golfes fliegen können, aber das hätte einen längeren Flug in geringer Höhe und bei Dunkelheit über unbekanntem Gelände bedeutet. Das hätte geheißen: Die Gefahr war größer, daß er einen Unfall erlitt oder daß er Menschenaugen, den schwarzen Drachen oder jegliche merkwürdigen Oger, Gossenzwerge und dergleichen alarmierte, die durch den Dschungel streifen mochten.

Pirvan war vor dieser Reise noch nie im Dschungel gewesen, und jetzt, da er hier war, wünschte er nicht einmal einem Gossenzwerg, darin zu leben. Niemand hatte es verdient, sein Leben lang in einem ewig schwülen Irrgarten diesen Kampf von Fressen-oder-Gefressenwerden durchzuhalten.

Hipparan steuerte den Nordhang des Berges an, der dichter bewaldet war als der südliche. Genau an der Stelle, wo die Bäume weiter auseinandertraten, breitete er die Flügel weit aus und landete sauber wie ein Baumstamm, der durch eine geölte Rinne in einen Fluß gleitet, auf einer Lichtung.

Jetzt stellte sich Pirvan und Haimya das Problem, sich und ihre Ausrüstung von dem Drachen loszubekommen, an dem alles fast einen Tag lang festgebunden gewesen war. Eine Zeitlang sah es so aus, als hätten sie sich beim Festzurren selbst ein Bein gestellt, besonders weil sie jetzt so wenig wie möglich zerschneiden wollten. Wenn alles gutging, würden sie Reitgeschirr für drei Menschen brauchen, wenn sie zurückflogen.

Pirvan geriet ins Schwitzen, und Haimya war mittlerweile bei einer Sprache angelangt, die selbst für eine ehemalige Söldnerin besonders deftig war. Dann endlich hatten sie alles frei. Pirvan stellte fest, daß Matrosen wirklich mehr von Knoten verstanden als Diebe, selbst als Diebe, die sich etwas auf ihre geschickten Hände einbildeten.

»Das nächste Mal, wenn wir so etwas machen, nehmen wir Ketten und Schlösser«, sagte Pirvan mit einem Stöhnen, als die letzte Tasche freikam und ihn fast umgeworfen hätte. »Davon verstehe ich wenigstens etwas.«

»Kann ich daraus schließen, daß ihr alles habt?« fragte Hipparan.

»Ich würde sagen, Haimya hat alles«, sagte Pirvan. »Was mich angeht ...«

Haimya lachte so laut, daß die Nachtvögel verstummten und Hipparans Kamm steif wurde.

»Wenn du schon über die Witze dieses Mannes lachen mußt, mein Fräulein«, sagte der Drache, »gäbe es da nicht bessere Orte? Und bessere Zeitpunkte, wenn wir schon dabei sind?«

Einen Augenblick glaubte Pirvan, Haimya würde entweder ihn oder den Drachen küssen. Doch Hipparan kam jeder entsprechenden Bewegung zuvor, indem er sich flügelknatternd in die Luft erhob und dabei Staub, Steine und Zweige aufwirbelte.

»Du wirst mit jedem Tag seltsamer«, sagte Haimya und versetzte dem Dieb einen leichten Rippenstoß.

Ich gewinne dich mit jedem Tag lieber, dachte Pirvan. Er hoffte, das zweite würde nicht zum ersten führen. Auch dafür gab es bessere Orte und Zeitpunkte.

Shilriya war die erste, die das menschenleere Handelsschiff auf dem Wasser schaukeln sah, das bei dem nun abflauenden Sturm nur noch mäßig unruhig war. Jemar war der erste, der neben dem Handelsschiff zu liegen kam, weil der Wind für sein Schiff besser stand als für das von Shilriya. Keiner von ihnen wollte bei dieser See die Ruder ausfahren.

Daß das Schiff Piraten zum Opfer gefallen war, war schon von weitem zu erkennen. Das Deck war mit Gerümpel übersät, jede sichtbare Tür und jede Luke war eingeschlagen oder gewaltsam geöffnet. Seevögel kämpften um die eßbaren Teile von einem halben Dutzend toter Matrosen.

Jemar schickte eine Entermannschaft hinüber, die nichts

Überraschendes zu berichten hatten. Jedenfalls bis auf den Umstand, daß alle Männer furchtbar zugerichtet waren und die Kabinen zwar zerstört wurden, aber nichts gestohlen worden war.

»Es sieht so aus, als wären die Piraten Berserker gewesen, die einmal ordentlich wüten mußten«, sagte der Maat. »Geht zurück und durchsucht das Schiff vom Ausguck bis zu den Bilgen«, befahl Jemar scharf. »Seht nach, ob ihr noch mehr Leichen oder vergessene Waffen findet.«

»Die Piraten haben ihre anscheinend alle mitgenommen«, antwortete der Mann. »Jedenfalls habe ich nicht mehr gesehen, als was ein solches Schiff gewöhnlich dabeihat. Denkt Ihr …?«

»Ich denke dann, wenn es nötig ist. Dafür, unter anderem, bezahlt man einen Häuptling. Du sparst dir das Denken für später und gehst suchen.«

Es war Zyrub, der das Rätsel löste. Er war gerade erst am Horizont aufgetaucht, als die anderen beiden Schiffe beidrehten und bald darauf der Wind gänzlich abflaute. Er brachte die Ruder aus, kam zu ihnen, hielt in hundert Schritt Entfernung an und ließ praktisch sofort ein Boot zu Wasser.

»Wir haben ein paar Leichen im Wasser gefunden«, sagte er in dem Augenblick, als er an Deck kam.

Jemar schaltete sofort. »Menschen?«

»Allesamt. Aber in einem von ihnen steckte das hier.«

Er reichte Jemar seinen Fund. Es war ein Dolch, ungefähr so lang wie Jemars Hand und mit einem seltsamen Griff, fast hohl und zum besseren Greifen mit einer querverlaufenden Strebe versehen, die an jeder Seite ein Stück herausragte. Die dicke Klinge lief zu einer scharfen Spitze zu.

»Ein Katar«, sagte Jemar.

»Minotauren«, fügte Zyrub hinzu.

Der Katar war eine Waffe, die einzig von Minotauren geführt wurden. Minotaurenwaffen, die denen anderer Rassen ähnelten, konnten auch von Menschen benutzt werden, wenn diese stark genug waren. Waffen jedoch, die allein mit der überwältigenden Kraft eines Minotaurus verwendet werden konnten, tauchten einmal in hundert Jahren in der Hand eines Menschen auf und noch seltener in menschlichen Körpern – sofern sie nicht von Minotauren dort hinterlassen wurden.

»Ich frage mich, warum sie den nicht mitgenommen haben«, überlegte Jemar. Er erklärte Zyrub, wie es auf dem herrenlosen Schiff aussah.

»Der arme Kerl ist vermutlich über Bord gegangen, nachdem sie ihn erstochen hatten – bevor der Minotaurus die Waffe herausziehen konnte. Wir haben die Riten für ihn vollzogen und ihn mit seinen Gefährten wieder dem Meer übergeben.«

Jemar hörte kaum zu. Minotauren waren in diesen Gewässern nichts Unbekanntes. Manchmal agierten sie als friedliche Händler. Aber selbst dann traten sie mit der unendlichen Arroganz und dem aufbrausenden Temperament der Minotauren auf, und es hatte schon einige blutige Zwischenfälle gegeben.

Aber kein Massaker an der gesamten Mannschaft eines Handelsschiffes. Das verriet, daß die Minotauren auf einer Art Kriegszug waren, der Menschen wahrscheinlich völlig sinnlos erschien.

Minotauren mußten jedoch nichts Sinnvolles tun, um gefährlich zu sein. Besonders gefährlich für die *Goldene Tasse*, die den Sturm vielleicht in einem Zustand überstanden hatte, in dem sie weder kämpfen noch fliehen konnte.

»Wir verdoppeln sofort die Besatzung im Ausguck, warten, bis die anderen aufschließen, und bilden dann mit allen fünf Schiffen eine Suchlinie«, beschloß Jemar.

»Die üblichen Abstände?« fragte Zyrub.

»Ja.«

»Das wird ein guter Kampf, wenn wir diese armen Schweine rächen.«

»Ich hoffe, die sind alles, was wir rächen müssen.«

Kapitel 4

Pirvan und Haimya waren sich nicht ganz sicher, wann im Kratergolf der Morgen dämmerte. Nachdem sie sich und ihre Ausrüstung versteckt hatten, schliefen sie tief und lange. Einmal wachte Pirvan kurz auf und merkte, daß Haimya sich an ihn geschmiegt hatte. Das fühlte sich genauso angenehm an, wie er es erwartet hatte. Wenn *sie* nichts dagegen hatte, *er* gewiß nicht. Außerdem war es am Berghang so kühl, daß es guttat, dicht beieinander zu schlafen und sich die Decken zu teilen.

Die Wolken trugen dazu bei, daß sie sich nicht auf ihr Zeitgefühl verlassen konnten. Pirvans erster Eindruck beim Erwachen war, daß er und Haimya unter einem Riesenhaufen Rohwolle begraben lagen. Es roch jedoch nicht nach Schafen, statt dessen nach vielerlei anderen Dingen (größtenteils weniger angenehmen), und sie waren von viel zu vielen Bäumen und Schlingpflanzen umgeben. Die Wolkendecke und die Bäume tauchten sie in eine seltsame Form von Zwielicht, aber es war hell genug, um Wasser zu finden und mit dem Packen anzufangen.

Ein Streit entbrannte, als Haimya darauf bestand, alles mitzunehmen, selbst wenn dies bedeutete, daß sie wie Packesel beladen wären. Pirvan behandelte sie klugerweise nicht, als ob sie ein Versprechen gebrochen hätte, stellte allerdings fest, daß subtilere Methoden auch nicht viel nützlicher waren.

»Wir können so beladen nicht rennen«, begann Pirvan.

»So weit entfernt vom Piratenlager brauchen wir nicht zu

rennen«, entgegnete Haimya. »Soldaten nennen so etwas einen Anmarsch.«

»Das glaube ich dir. Ich denke aber, auch du hast von Armeen gehört, die so beladen waren, daß die Soldaten schon vor der Schlacht erschöpft waren und deshalb verloren. Wie wäre es, wenn wir eine Trage machen, wenn du schon nichts zurücklassen willst?«

Haimya wies ihn darauf hin, daß es hier nichts gab, woraus sie eine Trage hätten machen können. Außerdem hinterließen Tragen Spuren.

»Das werden wir auch, wenn wir eine solche Last mitschleppen«, beharrte Pirvan.

»Der einzige Weg, keine Spuren zu hinterlassen, wäre, uns nur mit Dolch und Lendenschurz heranzuschleichen. Das würde die Piraten aber zweifellos auf uns aufmerksam machen.

Nachdem wir schon so weit gekommen sind, würde ich gern meinen Verlobten auslösen und etwas darüber erfahren, was an der Küste des Kratergolfs vor sich geht.« Sie fügte noch hinzu, daß eine Trage ebenes, offenes Gelände voraussetzen würde, wovon hier nicht viel zu sehen sei.

Zu keiner Zeit hätte man, wenn man Haimya nicht sehr genau kannte, auch nur den leisesten Anflug von Sarkasmus entdeckt. Pirvan war ihr dafür dankbar genug, um ohne weitere Einwände klein beizugeben.

Schließlich einigten sie sich darauf, das Gepäck zwar zu tragen, aber aufzuteilen. Vor die Brust hängten sie sich Beutel mit dem Lösegeld, Nahrung und Wasser, Flaschen mit Taroths Heiltrank, Lady Eskaias Empfehlungsschreiben für Synsaga und Spiegel, mit denen sie Hipparan Zeichen geben konnten. Alles andere befand sich auf ihrem Rücken und konnte leicht abgeworfen werden, wenn sie fliehen mußten.

»Wenn alles gutgeht, können wir einen Teil der Last an Gerik abgeben.«

Haimya grinste. »Wir übernehmen doch nicht die ganze Rettungsarbeit allein, wenn er marschfähig ist.«

»Und wenn nicht?«

»Dann bemühen wir uns noch mehr um eine friedliche Auslösung und bitten Synsaga um ein paar kernige Krankenträger.«

»Und wenn es keinen Frieden gibt?« hakte Pirvan weiter nach.

»Synsaga ist kein solcher Dummkopf, daß er das Haus Encuintras durch Verrat tödlich beleidigen würde. Eine Encuintrasflotte voller Söldner auf dem Weg zum Golf würde ihn viel mehr kosten, als er durch den Diebstahl der Rubine gewinnen könnte.«

Pirvan überlegte, daß Synsaga vielleicht kein Dummkopf war, aber er war ein Mann, dem sich ganz neue Aussichten auf Macht und Reichtum auftaten. Solche Männer hatten unter diesen Umständen schon öfter alle Vorsicht in den Wind geschlagen, was sie vorher vielleicht nicht getan hätten. Pirvan hatte sowohl Diebe als auch rechtschaffene Männer gekannt, die auf diese Weise umgekommen waren.

Immerhin hatten er und Haimya ihren Verstand, das Überraschungsmoment, die Lösegeldjuwelen und ihren eigenen Drachen gegen all das einzusetzen, was Synsaga zum Verrat verleiten mochte. Für Diebe wie für Soldaten war Angst ein schlechter Ratgeber; soviel hatten er und Haimya zumindest gemeinsam.

Pirvan schwitzte schon, als er sein Gepäck übergeworfen und zurechtgerückt hatte, aber es kam ihm weniger lästig vor, als er befürchtet hatte. Oder bewirkte das die Art, wie Haimya lächelte, bevor sie ihren Wanderstab ins Moos stieß und die Führung übernahm?

»Deck ahoi!«

Der Schrei drang an Lady Eskaias schlaftrunkene Ohren.

Sie hatte eine unruhige Nacht auf einer Matratze auf dem Boden ihrer Kabine hinter sich; dieses Aufwachen würde mühsam werden. Dann war sie plötzlich hellwach, als der zweite Schrei ertönte: »Zwei Segel, hart achtern.«

Tarothins Schlaf endete mitten in einem Schnarcher, als Eskaia ihn in die Rippen stieß. Er setzte sich auf und fuhr sich mit den Fingern durch die Haare. Sie waren voll und hatten einen schönen Braunton. Auf seiner muskulösen Brust lockten sich dunklere Haare.

Eine Stimme, die ganz nach Haimya klang, flüsterte in Lady Eskaias Kopf: *Genug, Herrin. Es gibt die Bewunderung für einen schönen Mann, und es gibt Lüsternheit. Hüte dich davor, die Grenze zu überschreiten.*

In diesem Augenblick wollte Eskaia vor allem zu ihrem Schrank gelangen, am liebsten, ohne das Deck zu berühren. Sie brauchte ein schweres Gewand, einen Mantel und insbesondere Schuhe. Nicht einmal die besten wollenen Bettsocken hielten die feuchte Kälte des Decks fern.

Tarothin, der eine züchtige, kurze Hose trug, taumelte aus seinem Bett. Er sah jetzt eher müde als krank aus und blickte sich nach seinem Stab um.

»Unter dem Bett, in Öltuch eingeschlagen«, sagte Eskaia.

»Bist du in der Lage, in deine Kabine zurückzukehren?«

»Das wollte ich wohl, wenn wir Besuch bekommen«, sagte der Zauberer mit einem trockenen Grinsen. Er rieb sich die Stirn, als wollte er lästige Kopfschmerzen vertreiben. »Vielen Dank für deine Gastfreundschaft. Ich werde versuchen, sie zurückzuzahlen, indem ich diese Schiffe identifiziere.«

»Wir werden es dir danken. Wenn das Feinde sind, können wir nur hoffen, sie durch Kämpfen abzuwehren. Wir können nicht entkommen.«

»Eines Morgens werde ich aufwachen und eine gute Nachricht hören. Aber bestimmt nicht auf dieser Fahrt.«

Tarothin wühlte seinen Stab unter dem Bett hervor und war

schon draußen, ehe Eskaia den Saum ihres äußeren Hemdes gehoben hatte.

Pirvan und Haimya arbeiteten sich um den Berg vor, blieben dabei aber am Rand des dichten Waldes. Hier kamen sie leichter voran, konnten Vorposten oder Patrouillen einfacher von weitem ausmachen und Drachen besser erkennen, ob Freund oder Feind.

Hipparan sollte in der Nacht zurückkehren und sie am Eingang einer kleinen Schlucht über einer Burgruine oberhalb des Lagers erwarten. Bis jetzt hatten sie nichts gesehen oder gehört, was darauf hinwies, daß er in Gefahr war, aber die Lage konnte es jederzeit erfordern, daß er schnell kam, sie noch schneller fand und sie wie der Wind davontrug.

Nicht, daß ein Blick vom Himmel herab einen großen Unterschied machen würde, wenn der schwarze Drache kam. Die Wolken hingen tief, streiften fast die Bergspitze, und weiter unten an den Hängen versperrte Nebel die Sicht. Ein schneller Lauf zwischen die Bäume würde Haimya und Pirvan vor der Odemwaffe des Drachen retten, aber er würde bestimmt das Lager warnen, wenn er sie sah. Vielleicht würde er auch mit Drachenangst oder anderen Zaubern, die er beherrschte, tief zwischen die hohen Stämme greifen.

Nach einer Stunde überquerten sie einen Bach, der einer Quelle entsprang, an der sie ihre Feldflaschen füllten. Dann kamen sie an eine Baumgruppe, deren Früchte Haimya für eßbar erklärte.

»Jedenfalls sehen sie ganz ähnlich aus wie Grivanjugs aus dem Grenzland von Qualinesti«, sagte sie.

»Zweifellos, und ich gebe zu, daß ich hungrig bin«, sagte Pirvan. »Ich erinnere mich aber an einen Freund, der zwei sich ähnelnde Pilzarten verwechselte, als er für seine Gäste Suppe kochte. Sechs Leuten wurde schlecht, und er selbst war hinterher nie wieder ganz der alte.«

Sie kauten auf mitgebrachtem Brot herum, während sie weiterzogen.

Hipparan fand sie, als der wolkige Himmel dunkelgrau, aber noch nicht schwarz war. Es regnete, und zwischen ihnen und den Piraten standen Bäume, die so dick waren, daß sie die Pfeiler für ein Gotteshaus hätten abgeben können.

»Ohne Magie dürften wir schwer zu finden sein«, sagte Hipparan. »Ich glaube, ich kenne da noch einen Spruch von früher, mit dem man verhindern kann, durch Magie gefunden zu werden. Natürlich könnte es auch ein Spruch für Zwiebelsuppe sein. Aber ich glaube, ich kann zumindest jeden verwirren, der einen notwendigerweise genau gezielten Spruch sagt.«

»Möge es so sein«, sagte Pirvan.

Nicht einmal die mächtigsten Zauberer konnten Magie wie ein Gärtner mit der Gießkanne weiträumig über das Land regnen lassen. So etwas erschöpfte einen Magier schnell und erzielte wenig Wirkung.

»Den schwarzen Drachen habe ich nicht gefunden, aber ich habe mindestens zwei Horte gewittert«, fuhr Hipparan fort. »Ich hoffe, das bedeutet nicht, daß hier zwei Drachen sind. Das würde die Situation doch etwas schwierig machen.«

»Dein Talent zu Untertreibungen ist bewundernswert«, sagte Haimya. »Aber, bitte, benutze es doch nicht gerade jetzt. Wo sind diese Horte?«

Der eine war am Südende des Kratergolfs, so weit entfernt, daß nur Hipparan ihn erreichen konnte. Der andere befand sich in der Burgruine ein Stück bergab. »Ich habe auch Spuren von Magie gespürt, die nicht von dem Drachen stammt«, erzählte Hipparan. »Das ist alles, was ich dazu sagen kann. Aber in zwei Lagern bei den Ruinen waren Posten aufgestellt. Die Lager sahen neu aus.«

Haimya und Pirvan sahen einander an. Der Dieb hielt den Mund, denn er wußte, daß seine Begleiterin einen ebenso guten Plan haben und daß es Haimyas Stolz schonen würde, wenn er sie zuerst reden ließ.

Haimya runzelte die Stirn. »Ich finde, wir sollten zuerst diese Burg untersuchen. Vielleicht weiß dort jemand, wo Gerik ist, oder wir finden eine passende Geisel. Egal, über welche neue Macht Synsaga gebietet, er kann es sich nicht leisten, das Leben seiner Männer wegzuwerfen. Das würde sie gegen ihn aufbringen, und Drachen und Magier helfen wenig, wenn man ein Messer im Rücken oder Gift in den Wein bekommt.«

»Wenn ihr einen Gefangenen macht, werde ich ihn verstecken«, bot Hipparan an.

Damit hatten sie ihr Vorgehen für die Nacht soweit wie möglich geplant. Hipparan stieg mit einem Flügelschlag in die Lüfte und flog auf Höhe der Baumwipfel, bis er in Finsternis und Nieselregen verschwand.

Pirvan schulterte wieder sein Gepäck und nahm seinen Stab in die Hand. Die Sache lief gar nicht so schlecht, jedenfalls besser als in der ganzen letzten Zeit. Er vermied es, zu sagen: »Falls die *Goldene Tasse* noch all ihre Masten hat ...«, denn »falls« war kein Wort, das er besonders mochte.

Aber sobald er und Haimya mit ihrem Verlobten in Sicherheit waren, würde er nicht nur ihr Lebewohl sagen. Er würde sich auch von jeder zukünftigen Seereise verabschieden. Wenn die Götter wünschten, daß er seinen Beruf aufgab und herumzog, dann würde er das tun, aber nur auf festem Boden.

Lady Eskaia schnallte gerade einen Gürtel um ihr Gewand, als sie weitere Rufe vom Ausguck hörte. Der Gürtel war ein einfaches Stück aus Leder und Silber und dazu gedacht, im Freien getragen zu werden, wo er schwere Börsen, Dolche und Ähnliches halten sollte.

Außerdem konnte sie ihn selbst anlegen – wie alles, was sie jetzt trug. Eskaia hatte nie geglaubt, Zofen für jedes Kleidungsstück vom Unterhemd bis zum Kleid und von den Sandalen bis zur Hutfeder zu brauchen. Mit Haimyas Hilfe hatte sie ein Dutzend Gewänder für alle Gelegenheiten – von Tempelzeremonien bis zum Beerenpflücken – ausgewählt, die sie ohne fremde Hilfe anziehen konnte. Dann hatte sie dieses Dutzend an Bord der *Goldenen Tasse* bringen lassen.

Ein paar von den Sachen würden nie wieder so sein wie früher, fürchtete sie. Die salzige Luft und das Meerwasser nahmen schon die robuste Kleidung der Matrosen genug mit. Die Garderobe einer angesehenen Dame verwandelten sie in Fetzen, sobald sie sie berührten.

Vielleicht sollte sie sich einen guten Seefahrerschneider suchen, wenn sie nach Istar zurückkam. Ein paar Kleider aus schwerer Wolle mit festen langen Hosen zum Daruntertragen (kurze Unterwäsche ließ den Wind durch), dazu ein paar Matrosenjacken mit einem Hauch Stickerei, um sich vom Gewöhnlichen abzuheben …

Eskaia unterbrach ihre Überlegungen, als ihr klar wurde, daß es auf dem Schiff ruhig geworden war. Sie schnappte sich ein Kästchen Haarnadeln, nahm ein paar heraus und steckte eilig ihre Haare hoch. Es wäre praktisch, sie so kurz wie Haimya zu tragen, die stets höchstens ein Band brauchte, aber …

Die Stille endete abrupt mit einem Höllenlärm, als ob alle Mann an Bord zugleich aufschrien. Eskaia steckte die letzte Nadel ins Haar und hätte sich fast die Kopfhaut durchstochen, als die Tür zu ihrer Kabine aufflog.

»Ist die Tugend des Anklopfens unter Seeleuten unbekannt?« fauchte sie.

Dann erkannte sie Grimsor Einauge.

»Verzeihung, Herrin.« Pirvans großer Freund atmete schwer, und sein gesundes Auge zuckte heftig, was Eskaia seit dem Verlust der Masten nicht mehr gesehen hatte.

»Was ist los?«

»Minotauren, Herrin.«

»Spar dir die ›Herrin‹ und erzähl mir mehr. Die zwei Schiffe?«

Grimsor nickte. »Sie sind nach Art der Minotaurenschiffe getakelt, soviel ist sicher. Niemand sonst benutzt solch eine Takelage oder kauft ein Minotaurenschiff, ohne es umzutakeln. Jemals das Tauwerk eines Minotaurenschiffs gesehen?«

»Ich habe Minotauren gesehen«, sagte Eskaia. »Ich kann es mir gut vorstellen.«

»Gut. Dann könnt Ihr Euch auch vorstellen, daß wir in Schwierigkeiten stecken.«

»Sind Minotauren immer feindselig? Leicht erregbar, ja, aber das ist nicht dasselbe …«

Grimsor lachte. »Schön, daß man solch einem ernsten Thema doch noch etwas Komisches abgewinnen kann. Nein, ich glaube, sie sind auf einen Kampf aus. Die Schiffe sehen nicht aus wie Handelsschiffe, und selbst wenn sie nur als Kaufleute unterwegs wären, würden sie bei uns ihr Glück versuchen, hilflos wie wir sind.«

»Danke«, sagte Eskaia. Sie hakte ihre Börse an einer Seite des Gürtels fest und den Dolch an der anderen. »Wenn du mich dann an Deck geleiten würdest …«

Grimsor gab ihr sehr deutlich zu verstehen, wie extrem unwahrscheinlich es war, daß er etwas Derartiges tun würde. Er erwähnte auch zahlreiche Götter, deren Beistand Eskaia brauchen würde, um an ihm vorbeizukommen.

Eskaia wollte ihn auslachen. Aber der große Kerl war in einer Position, in der sie es ihm schuldig war, ihn nicht noch mehr zu demütigen. »Bitte, tritt beiseite, Grimsor.«

»Pirvan und Haimya …«

»Sind nicht hier. Ich habe freie Hand.« Sie legte den Kopf schief, entschied sich gegen einen Augenaufschlag und für ihr gewinnendstes Lächeln. »Hast du Befehl, mich hier unten zu halten?«

»Äh …«

»Vermutlich nicht.«

»Nun, so gesehen …«

»Das dachte ich mir. Dann tritt bitte beiseite.«

Grimsor runzelte die Stirn, rührte sich aber nicht. Eskaia seufzte. Sie hätte dem großen Mann gern ein paar seiner eigenen Worte an den Kopf geworfen, doch sie mußte schließlich die Würde des Hauses Encuintras wahren.

»Du kannst mich nicht gewaltlos hier unten festhalten«, sagte sie kühl. »Wenn du nicht den Befehl hast, mich hier zu behalten, wäre Gewaltanwendung als Angriff zu werten. Dafür könnte man dich hängen oder mit Gewichten an den Füßen über Bord werfen. Natürlich könnte man beschließen, dich bis nach dem Kampf zu verschonen. Schließlich bist du als guter Kämpfer bekannt. Aber es würde gewiß erwartet werden, daß du in der Schlacht umkommst. *Ich* würde das erwarten. Aber wenn du mich jetzt vorbeiläßt, wirst du vielleicht überleben und bist nicht entehrt. Wenn du mich gegen meinen Willen hier festhältst, wirst du auf jeden Fall sterben, wahrscheinlich sogar unter Verlust deiner Ehre.«

Grimsors Verstand arbeitete viel schneller, als man es einem Mann seiner Größe und Erscheinung zugetraut hätte. Er seufzte und trat von der Tür weg. »Auf Eure Verantwortung, Herrin. Äh … wollt Ihr vielleicht einen Helm, falls Euch ein Stein trifft?«

»Danke, Grimsor.«

»Ich sehe nach, ob ich etwas Passendes finde.« Er verschwand, wobei er deutlich hörbar vor sich hin brummte, wie sinnlos Helme für Frauen wären, die ohnehin nichts Wichtiges im Kopf hätten.

Die zwei Posten sahen aus wie Männer, die weiter draußen in der Finsternis und viel weiter von ihren Kameraden entfernt waren, als ihnen lieb war. Sie waren schwerbewaffnet, der eine sogar mit Bogen und Schwert. Beide trugen Brustpanzer und flache Helme mit breitem Rand.

Das alles hätte nicht viel ausgemacht, doch sie standen genau auf dem einzigen Weg, den Pirvan und Haimya zur Burg einschlagen konnten, ohne zu nahe an einem der beiden Wachlager vorbeizukommen. Jedes dieser Lager umfaßte etwa vierzig Soldaten und würde soviele Posten rundherum haben, wie Bienen um einen Rosenstock schwirrten.

Haimya flüsterte: »Wenn die zwei auch nur ein Spatzenhirn haben, können wir nicht den einen überwältigen, ohne den anderen aufzuschrecken. Wir haben keine Bögen, der eine von ihnen aber schon. Also müssen wir uns lautlos heranschleichen und beide gleichzeitig erwischen.«

Sie sprach nicht aus, daß dies unmöglich oder wenigstens gefährlich war. Doch ihr Ton sprach Bände.

Pirvan fürchtete, daß er sich sehr würde ins Zeug legen müssen, wenn er sie überzeugen wollte, daß es nicht nötig war, die Wachen umzubringen. »Wir müssen sie außerdem am Leben lassen«, sagte er.

»Damit sie uns in den Rücken fallen können?«

»Wenn sie bewußtlos sind ...«

»Sie könnten aufwachen und Alarm schlagen. Es könnte schon reichen, wenn es auffällt, daß sie nicht mehr auf ihrem Posten sind.«

»Sie werden noch mehr vermißt werden, wenn wir sie umbringen und ihre Leichen beiseite schaffen müssen. Das wird uns Zeit kosten, und vielleicht jede Aussicht auf friedliche Verhandlungen mit Synsaga. Vielleicht hält er seine Männer nicht davon ab, ihre getöteten Kameraden zu rächen.«

»In der Nacht, als wir zu Hipparan kamen, warst du nicht so zimperlich mit dem Töten«, wandte Haimya ein.

»Ich werde auch nicht zimperlich sein, wenn wir wieder in eine solche Lage geraten. Sind wir jetzt aber nicht.«

Sie kniff die Lippen zusammen. Er hätte ihren Mund am

liebsten mit einem Kuß gelockert, wußte aber, daß sie ihm im Gegenzug zumindest die Zähne lockern würde.

»Haimya, du hast mal gesagt, wir müssen das tun, wozu wir gekommen sind. Nichts anderes habe ich vor.«

Das Schweigen, das nur vom leisen Plätschern der von den Bäumen herabfallenden Regentropfen und einem fernen Donnergrollen unterbrochen wurde, hielt so lange an, daß Pirvan sich fragte, ob seine Gefährtin überhaupt noch atmete. Dann seufzte sie. »Vielleicht sind die Erinnerungen einer Soldatin nicht immer die besten Führer.«

»Das gleiche kann ich von denen eines Diebes behaupten. Also, jetzt laß mich mal ein Diebesauge auf diese Herren werfen.« Pirvan überprüfte den Rand der Lichtung, auf der die Posten standen. Wenn sie auch nur einen Kameraden hatten, einen einzigen, der sich verborgen hielt ...

Er fand niemanden, und seine Nachtsicht war in der Wildnis ebensogut wie in der Stadt. Er wählte nahe dem linken Posten einen Baum, dessen Zweige herunterhingen, weil sie mit Samenschoten überladen waren. Dann begann er mit der gewohnten Übung, sich jede Einzelheit des Baumes einzuprägen, bis der Zauberspruch ihm gestatten würde, für ein paar Minuten genau wie dieser Baum zu erscheinen.

Mit etwas Glück war das alles, was sie brauchten.

»Pirvan, was ...?«

Pirvan legte einen Finger an die Lippen. Er brachte seine Gedächtnisarbeit zu Ende, dann winkte er Haimya ins Dickicht zurück, wo sie flüstern konnten, ohne befürchten zu müssen, daß jemand etwas hörte. »Wir müssen uns beeilen, weil ich nicht weiß, wann sie die Posten ablösen. Wenn wir warten, stolpern wir womöglich über vier Männer anstatt über zwei.«

»Ein Vergnügen, auf das ich verzichten kann.«

»Ich auch. Aber die zwei – ist dir aufgefallen, daß sie Stellen gewählt haben, wo sie Wache halten können, ohne sich weit zu bewegen?«

»Stellen mit gutem Ausblick, ja«, erwiderte Haimya.

»Richtig, aber ihre Bewegungen sind trotzdem vorhersehbar.«

»Ich habe selbst schon oft genug Wache gestanden, Pirvan.«

»Da bin ich mir sicher. Und ich bin sicher, daß du dich so bewegt hast, daß es nicht vorhersehbar war. Ich wollte mir nicht anmaßen, dich zu belehren.«

»Aber was ...«

»Es gibt eine Stelle auf ihren Runden, wo sie nahe genug zusammenkommen, daß wir sie gleichzeitig erwischen könnten.«

»Wenn sie nicht im Freien wären und jeden kommen sehen würden ...«, wandte Haimya ein.

»Bäume auch?«

»Laufende Bäume ...?« Erst wollte sie verächtlich lachen, doch dann begriff sie plötzlich. »Dein Spruch ›Sieh das Erwartete‹?«

Pirvan nickte.

Bis Eskaia an Deck kam, waren die zwei Minotaurenschiffe so nahe, daß sie Einzelheiten erkennen konnte.

Es waren schnittige Fahrzeuge mit wenig Tiefgang, mehr wie Jemars Schiffe als wie die *Goldene Tasse*, wenn Minotaurengröße auch bedeutete, daß sie weiter aus dem Wasser ragten. Sie hatten zwei Masten, eine gerade Takelung am Fockmast und Lateiner am Großmast, dazu einen Bugspriet und Auswüchse am Bug, die verdächtig nach Rammsporen aussahen.

Unter Eskaias Augen schwärmten die Minotauren in die Takelage aus und packten die Leinen. Ihre rot-grünen Segel verschwanden, und die Schiffe wurden langsamer, bis das Wasser kaum noch über ihre Rammsporen schwappte.

Dann wurden weiße Ruder aus Luken dicht über der Wasseroberfläche geschoben. Sie verliehen den Minotaurenschiffen ein Aussehen, als hätten sie Seevogelflügel.

Kurulus tauchte neben Eskaia auf. »Hier, Herrin. Grimsor hat den hier gefunden, aber er mußte nach vorn.«

Eskaia setzte den Helm auf. Er war so schwer, daß ihre Arme zitterten, als sie ihn hielt, und ihr Hals zitterte, nachdem sie ihn aufgesetzt hatte. Für Kostümfeste hatte sie schon einige Male Prunkrüstungen angelegt, aber das hier war etwas ganz anderes. Der Helm roch nach Leder, Schweiß und Öl, saß oben eng und an den Seiten weit und hatte einen Kinnriemen, den Eskaia beim besten Willen nicht zubekam.

»Laßt mich Euch helfen, Herrin.«

Sie stand da und starrte die sich nähernden Schiffe an, während die Mannschaft Kampfaufstellung einnahm. Die meisten blieben auf den Kastellen am Bug und am Heck, wo sie den Vorteil der Höhe genossen. Das würde es den Minotauren erschweren, ihnen ein Handgemenge aufzuzwingen, in dem die Gegner durch ihre größere Körperkraft und Reichweite im Vorteil wären.

Jetzt drehten die Minotaurenschiffe der *Goldenen Tasse* auf der Backbordseite den Bug zu. Rauch stieg aus ihren niedrigen Heckkastellen auf, und Eskaia fragte sich, ob sie Belagerungsmaschinen herausholten oder die Schiffe durch ein Wunder Feuer gefangen hatten.

Es war keines von beidem. Zwei rauchende Töpfe wurden langsam den Großmast hinaufgezogen, bis sie genau unterhalb des Ausgucks in der leichten Brise schaukelten. Der Rauch trieb mit dem Wind nach unten, hellte sich von schwarz zu blaßgrau auf, ehe er im Dunst über dem Meer verschwand.

Eskaia zuckte zusammen, als der Maat mit seiner großen Faust gegen das Schanzkleid schlug. Ihr Mund war so trocken, daß sie nicht einmal fragen konnte, was hier geschah. Außerdem wußte sie, daß sie es gleich erfahren würde.

»Tut mir leid, Herrin«, sagte der Maat. Seine Worte klangen wie der letzte Atemzug eines Sterbenden. »Das ist das Zeichen für einen Ehrenkampf.«

»Ist das …?«

»Wichtig? Ja. Diese Minotauren – ihre Ehre wurde verletzt. Deshalb sind sie darauf aus, sie wiederzuerlangen. Sie werden hart kämpfen und ein hohes Lösegeld für uns fordern, wenn sie gewinnen und finden, daß wir ehrenhaft gekämpft haben.«

»Was geschieht, wenn sie das nicht finden?«

»Dann gibt es für uns keine Gnade.«

Keine Gnade. Keine Gnade. Keine Gnade. Die Worte hallten in Eskaias Kopf wider wie die Töne einer großen Glocke in einem fernen Schrein, die vom Wind herangetragen werden.

Dann spritzte Schaum über die Rammsporen der feindlichen Schiffe, als beide Mannschaften ihre Ruder wieder eintauchten.

Pirvan hob eine Hand, dann senkte er die Handfläche. Die zwei Posten sahen beide von ihm weg. Das konnte höchstens ein paar Sekunden dauern, aber soviel würde ihm für seinen einzigen Zauber reichen.

Ohne sich umzusehen, machte er drei Schritte nach rechts und zwei nach vorn und kniete sich hin. Das Knien machte ihn schwerer sichtbar. Er konnte nicht sicher den Platz wechseln, solange er von dem Zauber umgeben war – das war einer der wenigen Gründe, die ihn bedauern ließen, daß er sich nicht den Türmen ausgeliefert hatte, um genauer geprüft oder ausgebildet zu werden.

Die zwei Posten schienen sich zu unterhalten. Jedenfalls standen sie nah genug beieinander, um sich zu unterhalten, auch wenn Pirvan nichts hörte. Weiter unten am Berg war der Geräuschpegel des Dschungels lauter.

Der Posten würde es niemals einfach hinnehmen, daß unter seinen Augen ein Baum aus dem Nichts wuchs. Der Zauber mußte fertig sein, bevor der Mann sich wieder umdrehte …

Da. Alles rund um Pirvan nahm das unendliche Aussehen

einer Welt an, die man durch den Schleier der Magie betrachtete. Die Dschungelgeräusche waren dagegen so laut wie immer. Genau wie die Schritte, die plötzlich hinter Pirvan zu hören waren. Barfuß und leicht bewaffnet schoß Haimya hinter Pirvan hervor, legte beide Hände auf seine Schultern und sprang über ihn. Ihr Abstoß erschütterte ihn von Kopf bis Fuß, und einen Augenblick befürchtete er, der Zauber könnte sich auflösen.

Er tat es nicht. Dafür durchbrach ein erstickter Schrei die Stille, als Haimya hinter dem vorderen Posten auftauchte und ihm in den Nacken schlug. Dann rammte sie ihm das Knie in den unteren Rücken.

Das war der Bogenschütze. Haimya schnappte sich Bogen und Köcher, sobald der Mann zu Boden ging. Der andere Posten mußte fassungslos mit ansehen, wie eine Frau praktisch aus dem Nichts auftauchte oder aus dem Baum hinter ihr gesprungen kam.

Pirvan hörte die Bogensehne vibrieren. Der Pfeil traf den zweiten Mann ins Bein, und als der auf einem Fuß herumzuhüpfen begann, stürzte ein dritter Mann rechts von Pirvan aus der Deckung hervor. Er rannte auf Haimya zu – was dumm war, aber auch von Ehre und Mut zeugte. Er hätte lieber fliehen und Alarm schlagen sollen.

Der Mann hätte Haimya auch leicht töten können, wenn er sie erreicht hätte, bevor sie noch einmal schießen konnte. Um schneller zu sein, hatte sie bis auf ihr Messer alle Waffen zurückgelassen, und er hatte ein Schwert.

Pirvans Dolch lag in seiner Hand, noch bevor er daran dachte, ihn zu zücken; dann sauste er auch schon durch die Luft. Der Knauf traf den dritten Mann an der Schläfe, unter dem Rand seines Helmes. Mitten im Satz brach er zusammen und fiel mit dem Gesicht in den Schlamm.

Inzwischen hatte der angeschossene zweite Mann gemerkt, daß er lieber fliehen sollte. Doch die Einsicht kam zu spät.

Haimya erwischte ihn, bevor er in Deckung gehen konnte, und versetzte ihm einen kräftigen Tritt unter den Kieferknochen. Wäre sie nicht barfuß gewesen, so hätte sie ihm damit das Genick gebrochen, wenn nicht gleich seinen Kopf von den Schultern getrennt.

Der Zauber »Sieh das Erwartete« war in dem Moment vorüber gewesen, als Pirvan den Dolch gezogen hatte. Der Dieb stand auf. Lieber hätte er sich hingesetzt oder besser noch hingelegt, vorzugsweise mit einem Glas Branntwein und einer Schale Lammeintopf in den Händen …

»Du würdest einen guten Soldaten abgeben, Pirvan«, sagte Haimya, als sie zu ihm kam.

Pirvan ließ zu, daß sie seine Schultern massierte, bis die schlimmsten Schmerzen vergangen waren. Dann strich er ihr mit dem Handrücken über die Wange. Er hinterließ einen schmutzigen Fahrer. »Und du eine gute Diebin, möchte ich sagen.«

»Danke. Wollen wir diese Herren jetzt fesseln und dann unserer Wege gehen?«

Kapitel 5

Die meiste Zeit vermißte Grimsor Einauge sein verlorenes Auge nicht. Ohne dieses Auge hatte er seine Fähigkeit, Entfernungen abzuschätzen, teilweise eingebüßt, aber das war ein Verlust, mit dem ein Mann leben konnte – außer in einem Kampf, und manchmal selbst dort.

Von dem Kampf, der an diesem Tag bevorstand, würde jeder, der ihn überlebte, ob Mensch oder Minotaurus, seinen Enkeln erzählen, solange er noch Atem im Körper hatte. Ein Mann aber, der nicht beurteilen konnte, ob ein Minotaurus ihn mit seiner Axt erreichen konnte, mußte vielleicht in den Geschichten der anderen überleben.

Wenigstens würde Grimsor dann in der Gegenwart von Männern sterben, die dafür sorgen würden, daß sein Körper anständig beigesetzt und sein Tod den Brüdern ordnungsgemäß mitgeteilt wurde. Das würde sicherstellen, daß sein Erbe rechtmäßig aufgeteilt wurde.

Grimsor ließ seinen Blick von den heraneilenden Minotaurenschiffen über die Decks der *Goldenen Tasse* schweifen. Lady Eskaia war nicht klug genug, um ganz nach unten zu gehen, aber sie verharrte auf dem Achterkastell. Sie schien gut geschützt und hellwach zu sein – viel mehr konnte man im Moment ohnehin nicht erwarten. Dort oben würde sie weniger leicht verirrten Pfeilen oder Steinen zum Opfer fallen, und wenn das Achterkastell fiel, war die *Goldene Tasse* ohnehin verloren.

Grimsor hielt nach Tarothin Ausschau. Dasselbe taten einige Männer neben ihm, die größten, stärksten und erfahrensten Kämpfer an Bord. Das Vorkastell und das Achterkastell *mußten* gehalten werden, aber je länger die Minotauren brauchten, um auf das Mitteldeck vorzudringen …

Grimsor sah keinen Zauberer, genausowenig wie seine Kameraden. Ein paar von ihnen fluchten. Grimsor legte dem lautesten von ihnen die Hand fest auf die Schulter.

»Tarothin kann in dieser Schlacht rein gar nichts ausrichten, außer uns zu heilen. Sonst verletzen wir die Regeln der Ehre, und die Minotauren kämpfen bis zum Tod, egal ob ihrem oder unserem.«

Der Seemann war abrupt verstummt. Im nächsten Augenblick schrie ein Dutzend Stimmen gleichzeitig auf. Ein Minotaurus rutschte auf den Rammsporn des vorderen Schiffes. Er hielt sich nur mit einer Hand fest, in der anderen hatte er einen Shatang, einen schweren, minotaurischen Wurfspeer mit Widerhaken. Ohne jedes Schwanken, als stünde er im flachen Sand einer Arena, hob er den Shatang und warf ihn.

»Stehenbleiben!« bellte Grimsor. Kurulus und der Kapitän riefen dasselbe. »Wenn ihr zurückweicht, kämpfen sie noch erbitterter.«

Keiner duckte sich, und gnädigerweise beschrieb der Shatang einen hohen Bogen über die Schanzkleider, bis er sich eine Handbreit tief in das harte Holz des Großmaststumpfes bohrte. Alles starrte den bebenden Schaft an, bis Grimsor zum Mast marschierte, den Speer herausriß und über dem Knie zerbrach. Dann hielt er die Stücke hoch und machte eine unverkennbar trotzige Geste damit. Der Speerwerfer der Minotauren drohte Grimsor mit beiden Fäusten, kletterte dann aber wieder an Deck seines Schiffes.

Kein weiterer Minotaurus versuchte sich in ähnlich großen Gesten; die Schiffe waren schon zu nahe. Das nähere von ihnen war sogar schon gut in Reichweite der Bögen. Die Schützen der *Goldenen Tasse* schossen von vorn und achtern einige

Pfeile ab, aber Grimsor sah, daß sie die richtigen Befehle bekommen hatten. Keiner der Pfeile drang in Minotaurenfleisch; sie ragten nur aus Schanzkleidern, Decks, Rudern und Ausrüstung heraus. Die Minotauren waren gewarnt, jedoch nicht verletzt oder gar gereizt worden.

Nicht, daß es schwierig gewesen wäre, einen Minotaurus zu reizen, erinnerte sich Grimsor. Noch die Ehrenhaftesten verhielten sich, als ob sie schon mit schlechter Laune geboren worden wären.

Das erste Schiff wurde jetzt langsamer, und einige der Ruder verschwanden durch die Luken. Grimsor hörte jemanden höhnisch rufen, wußte aber, daß dies für die *Goldene Tasse* kaum Gutes bedeuten konnte.

Schon im nächsten Moment bewahrheitete sich seine Vermutung. Die Ruderer unten verließen ihre Riemen, bewaffneten sich und schwärmten auf das Deck. Mehr Speere kamen geflogen, diesmal nicht als Warnung, sondern um zu töten.

Nur ein einziger Shatang fand sein Ziel. Er war mit solcher Wucht geworfen worden, daß der Stachelkopf des Speers einem Matrosen nicht nur den Hals durchbohrte, sondern ihm fast den Kopf vom Leib trennte. Sein Blut war das erste, das sich über das Deck der *Goldenen Tasse* ergoß. Zwei Schiffsjungen rannten hin und schütteten Sand darüber.

Hoffentlich haben wir reichlich Sand an Bord, dachte Grimsor unwillkürlich.

Dann schoß das zweite Schiff am ersten vorbei. Die Ruder blitzten auf, und Regenbogen funkelten im Spritzwasser, während das Minotaurenschiff direkt auf die *Goldene Tasse* zuhielt. Seine Mannschaft schien den Beweis antreten zu wollen, daß kein von den Göttern geschaffenes Wesen so rudern konnte wie Minotauren.

Dieses Schiff soll rammsicher sein, entsann sich Grimsor. Dann fügte eine dreiste Stimme irgendwo in seinem Kopf hinzu: Aber hat das jemand den Minotauren gesagt?

Dann ging alles in Sekundenschnelle vor sich. Das zweite Minotaurenschiff bohrte der *Goldenen Tasse* seinen Rammsporn in die Seite. Grimsor warf den Kopf zurück, als das Deck unter ihm erzitterte. Er klammerte sich irgendwo fest, um nicht zu stürzen, und er hörte das gequälte Metall kreischen und das überlastete Holz knacken, obwohl er nicht wußte, welches von den beiden Schiffen diese furchtbaren Laute von sich gab.

Die Taktik der Minotauren durchschaute er jedoch auf einen Blick. Solange der Rammsporn in der *Goldenen Tasse* steckte, hatte die Waffe der Minotauren dem Feind vielleicht noch keine tödliche Wunde versetzt, aber der Sporn bildete eine breite, feste Brücke, auf der die Minotaurenmannschaft leicht die Seite des größeren Schiffes erreichen konnte.

Die Seite erreichen und vielleicht die Decks der *Goldenen Tasse* überschwemmen ...

Auf beiden Seiten erschallten Trompeten, übertönt von Trommelwirbel und den Kriegsschreien, die beides in den Schatten stellen wollten. Das ihnen eigene Gebell gab den Minotauren in diesem Krieg der furchtbaren Geräusche einen Vorteil, aber sie verließen sich nicht nur auf ihre kräftige Lunge und die breite Brust.

Die Mannschaft des zweiten Schiffs schwärmte bereits an Bord des ersten. Währenddessen stürmte die Mannschaft des ersten vor. Manche Minotauren hielten Taue mit Enterhaken am Ende, andere hakenbewehrte Stangen und wieder andere leichte Leitern (»leicht« jedenfalls nach Minotaurenmaßstab).

Alle trugen mehr als nur eine Waffe, hatten sie allerdings in den Gürtel gesteckt oder über Brust und Rücken geschlungen, um die Hände zum Klettern freizuhaben.

Grimsor brachte seinen vorher unterbrochenen Gedanken zu Ende: Vielleicht kamen einfach zu viele Minotauren an Bord, als daß man ihnen mit einem Rückzugsgefecht viel anhaben konnte.

Wieder ertönten die Trompeten, diesmal aber nur auf der *Goldenen Tasse*, und noch bevor sie verklangen, hörte Grimsor das Surren und Zischen der Pfeile.

Pirvan und Haimya gaben sich größte Mühe, in Deckung zu bleiben, schnell weiterzulaufen und keine Spuren zu hinterlassen, als sie vom Ort ihres Kampfes mit den Wachen flohen. In dem Moment, wo man die Männer fand, würde die Jagd losgehen, vielleicht nicht ganz so gnadenlos – weil die Männer noch lebten –, aber das war nicht sicher.

In diesem Gelände war es für den Dieb und die Kämpferin unmöglich, alle drei Aufgaben zugleich zu erfüllen – bis es zu regnen begann. Als der Regen schließlich wie aus Kübeln vom Himmel fiel, hätten sie genauso gut unter einem Wasserfall hindurchlaufen können. Ihre Fußstapfen verschwanden, bevor sie fünfzig Schritte weiter waren, der Regen selbst bot ebensoviel Sichtschutz wie das Unterholz und war viel leichter zu durchdringen, und sie brauchten sich nicht mehr so zu beeilen. Es war unwahrscheinlich, daß ihnen jemand folgte.

»Vielleicht braucht uns auch niemand mehr zu folgen, wenn wir in dieser Suppe über die Klippen stürzen«, sagte Haimya. Sie mußte ihren Mund nah an Pirvans Ohr bringen, das Regenwasser ausspucken, sich mit der freien Hand Haarsträhnen aus dem Gesicht streichen und dann schreien, damit er sie durch den Regen hören konnte. Wenn der Donner über das Land grollte, war ohnehin keine menschliche Stimme mehr zu verstehen.

»Willst du, daß wir irgendwo Schutz suchen?« erwiderte Pirvan, der sich erst im vierten Anlauf verständlich machen konnte. »Sieh dich doch mal um. Bei diesem Regen kann wohl nur eine Höhle helfen, und die könnte durchaus schon besetzt sein.«

»Der schwarze Drache?« fragte Haimya.

»Ich dachte eher an Wachen, die dem Regen nicht ungeschützt die Stirn bieten wollen. Die Sorte kennst du bestimmt.«

Haimya war noch genug bei Verstand, um über Pirvans Worte zu grinsen. »Du meinst also, wir sollten weiterziehen?«

»Das ist das letzte, was man von uns erwarten würde. Und damit der beste Weg, unser Überraschungsmoment beizubehalten.«

Haimya sah mißmutig zum Himmel auf und drohte mit der Faust nach oben, bevor sie nickte. Pirvan trieb seinen Stab in die Erde und übernahm die Führung.

Ich hoffe, ich muß heute nicht mehr auf den Spruch »Sieh das Erwartete« zurückgreifen, dachte der Dieb. Wie sieht man denn eigentlich aus als Sturm?

Als die Minotauren an der Seite der *Goldenen Tasse* hochkletterten, sahen sie für Lady Eskaia wie ein Erdrutsch aus – eine feste Masse in braun, schwarz und grau, die wie eine undurchdringliche Mauer vorrückte. Nur verlief dieser Erdrutsch nicht nach unten, sondern nach oben, jeder »Felsen« war ein starker, erfahrener, schwerbewaffneter Kämpfer, und außerhalb ihres direkten Weges war man auch nicht sicher. Diese Lawine würde jedem auf der *Goldenen Tasse* den Tod oder die Sklaverei bringen, wenn die Menschen sie nicht durch Kämpfen aufhalten konnten.

Eskaia fragte sich allmählich, ob es klug gewesen war, an Deck auszuharren. Hier oben konnte sie kaum etwas tun, außer nützliche Kämpfer in Gefahr zu bringen, die sie zu beschützen versuchten, und der Kampf gegen ihre eigene Angst würde hier schwieriger sein. Am liebsten hätte sie sich eine Hand in den Mund geschoben und fest darauf gebissen, um einen Anflug von Panik zu unterdrücken.

Doch ein Blick über die Seite verriet ihr, daß die Pfeile der Bogenschützen ihr Ziel gefunden hatten, nachdem sie nun auf

Lebewesen abgeschossen worden waren. Zumindest ein Minotaurus lag am Boden, einen Pfeil im Arm und einen in der linken Hüfte. Ungeschickt versuchte er, sich den zweiten Pfeil herauszuziehen, als ein Schütze ihm einen dritten ins Auge jagte. Er warf beide Arme hoch, fiel auf den Rücken und lag still.

Nur aus seinem Mund sickerte ein blutiges Rinnsal.

Er war nicht der einzige Minotaurus, dem Pfeilschäfte aus dem Körper ragten, aber er war der einzige, der niedergestreckt wurde. Der Rest kam blutüberströmt oder mit Verbänden aus Lumpen über den Wunden an Bord. Dem ersten Minotaurus, der das Deck erreichte, steckte sogar ein Pfeil im Bauch. Eskaia machte die Augen zu und erschauerte bei dem Gedanken, wie es diesem Minotaurus wohl gehen mußte.

Soviel Schmerz gehört verboten …

»Geht es Euch gut?«

Eskaia schlug die Augen auf und sah Kurulus neben sich. Seine Stimme klang gepreßt, und das erschreckte sie so sehr, daß sie beinahe noch einmal erschauerte. »Ich habe Angst. Ist das eine Krankheit?«

»Im Augenblick ist das gesunder Menschenverstand.« Kurulus musterte sie von oben bis unten. »Das mit dem gesunden Menschenverstand nehme ich zurück. Ist dieser Helm alles, was Ihr an Ausrüstung habt?«

Eskaia klopfte auf ihren Dolch. »Ich habe alles, womit ich umzugehen weiß. Bei einem Kampf belastet alles andere nur unnötig.«

»Ihr habt doch Eure Söldnerzofe gehört …«, setzte Kurulus an.

»Die ist eine schlauere Kämpferin als die meisten an Bord dieses Schiffes, das sage ich dir«, fauchte Eskaia.

»Will ich gar nicht bestreiten«, sagte Kurulus. »Ich wünschte nur, sie und Pirvan wären jetzt hier.«

»Ich könnte mir auch ein paar Katapulte und fünfzig Qualinestischützen herwünschen«, fuhr Eskaia ihn an, »aber mein Wunsch wäre ebenso vergeblich wie deiner.«

Von unten kam aus einer Schleuder ein Stein angepfiffen, der Kurulus die Haare scheitelte. Einen Fingerbreit tiefer, und er hätte ihm den Schädel gespalten.

Der Maat zog sein Schwert – mehr ein Breitschwert als das Entermesser eines Matrosen – und zeigte zum Heck. »Bleibt hinter mir. Wenn das Glück der Schlacht uns hold ist, werdet Ihr den Minotauren vielleicht entgehen, aber wenn nicht, wird mich nichts vor Jemar retten.«

»Jemar …?« begann Eskaia, die wußte, daß sie etwas gehört hatte, was eigentlich nicht für ihre Ohren bestimmt gewesen war. Aber Kurulus balancierte über die Reling, sprang dann aufs nächste Deck hinunter und verschwand schließlich in dem brodelnden Chaos, das jetzt auf dem Mitteldeck der *Goldenen Tasse* herrschte.

Wieder flog ein Stein, und diesmal traf er einen Matrosen am Arm. Bevor der Mann aufschreien konnte, war Eskaia neben ihm und drückte ihn zu Boden, während sie saubere Tücher und eine Flasche mit Heiltrank aus ihrem Beutel zog.

Nun, da ihre Hände beschäftigt waren, wurde es fast einfach, nicht daran zu denken, was als nächstes geschehen konnte, ja, nicht einmal auf den Kampf unter ihr zu achten.

Pirvan und Haimya fanden ihre Klippe erst, nachdem der Regen nachgelassen hatte. In zivilisierten Ländern hätte man dieses Wetter immer noch als starken Regen bezeichnet, genug, um einer Dürre ein Ende zu setzen oder Flüsse über die Ufer treten zu lassen, aber der Kratergolf gehörte zu keinem zivilisierten Land.

Der Dieb erweiterte seinen geheimen Vorsatz, in Zukunft Abenteuer zur See zu meiden. Er würde auch versuchen, alles zu vermeiden, was ihn in den Dschungel führen würde, wenigstens während der Regenzeit – obwohl er langsam daran zweifelte, ob es an dieser Küste überhaupt eine Trockenperiode gab.

Dennoch waren sie rechtzeitig vorgewarnt, ehe die Klippe kam. Leider half ihnen diese Warnung wenig. Am einfachsten wäre es gewesen, sich einfach die sechzig Fuß tief hinunterzustürzen. Und als der Regen noch mehr nachließ, sahen sie, daß dies praktisch der einzige Weg nach unten war, wenn sie ihre bisherige Richtung beibehalten wollten. Anderswo war der Höhenunterschied entweder noch größer oder gefährlicher oder ein einziger, vom Regen genährter Wasserfall.

Die einzige Alternative bestand darin, denselben Weg zurückzugehen, den sie gekommen waren, und ihr Glück bei den nun alarmierten Posten zu versuchen, ganz zu schweigen von den Patrouillen beider Lager, die inzwischen wahrscheinlich auch gewarnt waren. Diesen Weg zur Burg einzuschlagen hatte wenigstens denselben Vorteil wie das Marschieren bei Regen – es war etwas, das man von keiner geistig gesunden Person erwarten würde.

»Wir sollten das schwere Gepäck lieber zuerst herunterlassen«, sagte Pirvan. »Das ist leichter und sicherer, als es hinterherzuziehen.«

Wenigstens erhob Haimya keine Einwände gegen die Idee, hinunterzuklettern. Ihr Gesicht hatte annähernd die gleiche Farbe wie während ihrer Seekrankheit, aber sie begann, mit sicheren Händen ihr Gepäck abzuschnallen.

Sie brauchten beide Seile, um das Gepäck sicher nach unten zu bekommen, und eine Zeitlang war Pirvan sich nicht sicher, ob der Laufknoten hinterher aufgehen würde. Schließlich tat der Knoten seine Pflicht, und Pirvan holte das Seil Hand um Hand wieder ein, wobei er sorgfältig nach scharfen Kanten Ausschau hielt, an denen es aufgerieben werden und reißen konnte.

»Diese Klippe kommt mir ziemlich glatt vor«, sagte er, als er das Seil überprüfte. »Und ziemlich gut zu sehen für jeden, der vorbeikommt«, sagte Haimya. Sie schaute nach unten. »Oh, halt. Da ist ja noch dieser Felsvorsprung etwas weiter unten im Tal. Wer dahinter ist, kann die Klippe nicht sehen.«

»Nein, und an einem Tag wie diesem läuft niemand einfach so aus Neugier durch die Gegend«, sagte Pirvan.

»Oder auch nur auf strengen Befehl hin«, ergänzte Haimya.

»Du bist die Soldatin«, sagte Pirvan. Sie lächelte. »Und jetzt möchte ich, daß du dich bewegst, als würdest du tanzen«, fügte er hinzu. »Einen lebhaften Tanz, so wie ihn Seebarbaren in einer Taverne tanzen.«

Haimya sah zur Klippe hin. »Laß mich ein paar Schritte zurückgehen.«

Es überraschte Pirvan nicht, wie natürlich jede von Haimyas Bewegungen in die nächste überging. Wenn sie in einer Taverne getanzt hätte, hätte sie am Ende des Abends auf Silbermünzen getanzt.

»Gut.« Er trat vor und nestelte am Knoten eines ihrer am Körper getragenen Beutel herum. Sie hob eine Hand und schob seine sanft beiseite. »Pirvan, was *machst* du da?«

»Entschuldige. Ich hätte es dir vorher sagen sollen.« Er erklärte ihr kurz, weshalb ihre ganze Ausrüstung während des Kletterns ausbalanciert sein mußte. »Ich habe meine automatisch ausbalanciert, aber ich hätte fast vergessen, daß du keine Ausbildung zum Dieb genossen hast.«

»Vielleicht sollte ich das nachholen«, meinte Haimya. Diesmal erhob sie keine Einwände, als Pirvan sich an die Umverteilung ihrer Ausrüstung machte.

Er schüttelte den Kopf. »Vor zehn Jahren hätte ich das gutgeheißen. Jetzt ... ich weiß nicht.«

»Nachtwerk ist vermutlich schon für die schwierig, die gut darin sind.«

»Du schmeichelst mir, Haimya. Ich gehe, wohin die Götter mich lenken, wenn sie mir verraten, wo das ist. Aber mittlerweile hätte ich nichts gegen eine Arbeit, die mich nachts besser schlafen läßt. Ich bitte um Verzeihung«, fügte er hinzu, als er merkte, daß seine Hände über Teile von Haimyas Körper glitten, die er vielleicht nicht berühren sollte.

»Nicht nötig«, sagte Haimya. Ihr Lächeln, das zwei weiße Zahnreihen entblößte, war warm und herzlich. »Aber bleib mit deinen Gedanken bei ernsthafter Arbeit. Sonst schlafen wir am Ende am Fuß dieser Klippe zusammen ein und wachen nie mehr auf.«

Grimsor Einauge hatte schon zweimal gegen Minotauren gekämpft, einmal in einem Ringkampf, der nicht nur freundlich begonnen hatte, sondern auch weiterhin so verlaufen war, und einmal bei einer Schlägerei, die von Anfang bis Ende unfreundlich gewesen war. Er hatte einen erfahrenen Heiler gebraucht, der ihm nach dieser Schlägerei Rücken und Hüfte in Ordnung bringen mußte. Deshalb hatte er hinterher von Minotauren lieber Abstand gehalten.

Und jetzt sah er sich gleich zehn Minotauren gegenüber, die ihm und seinen Gefährten die Ohren abbeißen und die Augen ausstechen würden, wenn sie Gelegenheit dazu bekämen – was möglich war, denn für diese Minotauren schien der Begriff »ehrenhafter Kampf« beliebig weit dehnbar zu sein …

Immerhin folgten sie der minotaurischen Tradition und benutzten keine Schilde. Aber es war mit den meisten Menschenwaffen schwer, einen tödlichen Treffer in diese großen Leiber zu landen, ohne in Reichweite der gefährlichen Waffen aus dem Arsenal der Minotauren zu kommen. Sie folgten der Tradition auch in anderer Hinsicht – die meisten hatten auf Schilde verzichtet, um zwei Waffen zugleich führen zu können.

Eigentlich hielt nur die Enge des Schlachtfeldes die Minotauren davon ab, die Decks zu überschwemmen. Sie konnten nicht den von ihnen bevorzugten Abstand wählen und ihre kleineren Gegner zerhacken wie eine Küchenmagd einen Kohlkopf. Es war einfach nicht genug Platz dazu da, und die

Menschen hatten häufig Gelegenheit, sich unter dem Hieb eines Kausin oder einer Clabbard wegzuducken und dann einen Minotauren in das ungeschützte Fleisch zu treffen.

Grimsor hatte einen improvisierten Schild, einen Faßdeckel. Im nächsten Moment rettete dieser ihn, als ein Minotaurus mit seinem Katar zustieß. Nicht alle Minotaurenwaffen brauchten Platz. Grimsor fing die Spitze des Katar mit dem Faßdeckel ab, fühlte, wie der ihm mit roher Gewalt entrissen wurde, und schlug kreuzweise mit dem Entermesser zu.

Die schwere Klinge rutschte an der Brust des Minotaurus hoch und erwischte diesen an der Kehle. Er blutete, wurde jedoch nicht lebensgefährlich verletzt, weil er einen Kragen aus Knochenplatten trug. Grimsor riß sein Entermesser zurück und wünschte, er wäre so behende wie Pirvan und könnte unter dem Schild hervortreten, um den Minotaurus schmerzhaft, wenn auch nicht tödlich zu treffen. Dann würde dem großen Rindvieh schon die Lust vergehen, durch das Einschlagen auf Menschen seinen Ruf als Kämpfer zu verbessern.

Anstatt zu treten, fuhr Grimsor herum und stieß dem Minotaurus den Rand des Faßdeckels an die Stelle, wo er ihn eigentlich mit dem Fuß hatte treffen wollen. Die Wirkung war ähnlich. Als der Minotaurus brüllend zusammensackte, rammte Grimsor ihm noch den Kopf unter den Kiefer. Zwar fragte er sich danach, ob sein Schädel noch heil war, aber er wußte jedenfalls, daß er den Minotaurus außer Gefecht gesetzt hatte.

Mit schmerzendem Kopf sprang Grimsor durch die Lücke, die der verwundete Minotaurus hinterlassen hatte. Sein Schild zersplitterte unter dem Schlag einer Tessto, aber er bekam seinen Arm rechtzeitig frei und schlitzte dem Angreifer mit seinem Entermesser den Arm auf. Der würde heute keine Tessto mehr benutzen. Die riesige Stachelkeule war selbst für einen Minotaurus eine furchtbar schwere Waffe.

Pfeile sirrten vorbei und blieben in Holz oder Fleisch stecken. Grimsor brüllte einen wortlosen Protest gegen solch wilden Beschuß von den Kastellen. Dann wurde ihm klar, daß er die Minotaurenlinie komplett durchbrochen hatte.

Er war hinter ihnen, wo die Schützen der *Goldenen Tasse* von vorn und achtern einen Pfeilregen niedergehen ließen, um die Minotauren auf den Schiffen davon abzuhalten, sich ihren Kameraden anzuschließen. Es war ihnen nicht ganz gelungen, wenn man die Zahl der kämpfenden Minotauren auf der *Goldenen Tasse* als Maßstab nahm. Grimsor beschloß, den Bogenschützen zu helfen, auch auf die Gefahr hin, selbst einen Pfeil zwischen die Rippen zu bekommen.

Er fuhr herum und schnitt einem Minotauren mit dem Messer beide Kniekehlen auf. Die Wunden waren nicht tief, aber sie machten seinen Gegner noch wilder. Er wirbelte seinerseits herum und schwang mit unverminderter Schnelligkeit und Stärke eine Axt mit Doppelklinge.

Schnelligkeit und Stärke waren vielleicht nicht vermindert; sein Urteilsvermögen allerdings schon. Der Minotaurus achtete nicht auf seine Kameraden, und nur die Tatsache, daß die Axt sich in seiner Hand drehte, bewahrte zwei von ihnen vor allzu ernsthaften Verletzungen. Die zwei Minotauren, die er versehentlich getroffen hatte, griffen ihren Kameraden an, hoben die eigenen Waffen und achteten überhaupt nicht mehr auf Grimsor.

Dem Mann blieb genug Zeit, einen Minotauren in den unverletzten Arm zu treffen (es war der Tesstoschwinger, jetzt ohne seine Keule, aber mit einem verkürzten Shatang, der ganz danach aussah, als könne er jeden Menschen töten, der je gelebt hatte). Er ließ vor Schmerz zwar nicht die verbliebene Waffe fallen, fuchtelte jedoch nur ziellos damit herum. Grimsor hielt den Schaft des Shatang mit seiner freien Hand fest und zog daran. Der Minotaurus verlor das Gleichgewicht und taumelte gegen seinen Kameraden, gerade als das andere Axtopfer nach dem Axtschwinger schlug.

Der Schlag traf – und zwar den Kopf des Tesstoschwingers.

Eines seiner Hörner brach fast an der Wurzel ab, alle drei Minotauren brüllten laut genug, um den restlichen Kampflärm zu übertönen, und Grimsor wußte, daß er nun lange genug auf sein Glück vertraut hatte. Ein Kampf gegen Minotauren von vorne und von unten und gegen die Pfeile der eigenen Leute von oben konnte nur *ein* Ende nehmen, und das schon bald.

Ein Pfeilhagel gab dem Tesstoschwinger den Rest, während Grimsor die Minotaurenlinie durchbrach und sich wieder den Reihen der Menschen anschloß.

Haimya kletterte zuerst die Klippe hinunter.

»Ich kann dich halten, wenn du fällst, aber andersherum möchte ich bezweifeln, ob das klappt«, sagte Pirvan.

»Ich hatte gar nicht vor, zu widersprechen«, erwiderte Haimya. »Wirklich.«

Pirvan zog eine Augenbraue hoch. Haimya ballte die Faust und stieß sie ihm spielerisch unter das Kinn. Dann trat sie an den Rand der Klippe und blickte nach unten.

»Das würde ich nicht tun ...«, begann Pirvan.

Diesmal machte Haimya ein grimmiges Gesicht, als sie sich zu ihm umdrehte. »Ich muß wissen, wie groß meine Angst ist.«

Was für Blut hast du nur in den Adern, Kameradin, dachte Pirvan. Seine Ängste zuzugeben, gilt vielleicht nicht überall und immer als die höchste Form von Mut, aber es beweist Loyalität gegenüber denen, die von einem abhängig sind. Eine solche Frau würde dieselbe starke Loyalität auch von anderen verlangen. Kann ich ihr das bieten? Und selbst wenn, spielt das eine Rolle?

Pirvan verstand jetzt klarer denn je, daß etwas Gutes aus seinem Leben verschwinden würde, wenn Haimya und Gerik Ginfrayson wieder vereint waren. Aber lieber so, als daß etwas Gutes ganz aus der Welt verschwand, wenn Haimya von der Klippe stürzte.

Es wäre hilfreich, wenn wir so etwas nicht noch öfter tun

müßten, überlegte er. Es spricht wirklich einiges dafür, auf ebenem Boden zu bleiben, wenn der eine Kamerad keine Diebesausbildung im Klettern hat.

Eskaia wußte gar nicht mehr, wieviele Männer sie behandelt hatte, bis ihr die Heiltränke und die sauberen Tücher ausgingen. Sie hatte kaum erst bemerkt, daß Beutel und Flasche leer waren, als ein Schiffsjunge ihr einen neuen Fetzen Tuch zuwarf.

»Ich brauche mehr Heiltränke«, fauchte sie. »Wo ist Tarothin?«

»Weiß nicht, Herrin. Vorne, glaub' ich. Da sind jedenfalls die mit den schlimmsten Verletzungen hin.«

Eskaia verfluchte innerlich die Unfähigkeit mancher Knaben, einem ein brauchbares Wort sagen zu können; dann richtete sie sich auf. Sie hatte Kopfschmerzen von der Sonne, die auf ihren Helm brannte, und Rücken und Arme schmerzten vom Bücken und Heilen. Sie stemmte sich beide Hände fest ins Kreuz und seufzte ein wenig, als der Schmerz nachließ.

Im Stehen konnte sie das Mitteldeck sehen. Inzwischen hatten die Menschen und die Minotauren den Rumpf der *Goldenen Tasse* untereinander aufgeteilt. Die Minotauren waren in der Minderzahl, denn an Deck wurde mit vollem Einsatz gekämpft, und die Bogenschützen hatten die minotaurische Verstärkung auf den Schiffen im Visier. Aber das Deck war auch schon mit so vielen toten Menschen übersät, daß die Menschen unter Deck keine Hoffnung mehr hatten, die Enterer auf ihre Schiffe zurückzudrängen.

Eskaia kam es so vor, als dürfte für alle Zeiten niemand je wieder den Mut oder die Ehre dieser Minotauren in Zweifel ziehen. Sie selbst würde keiner Stimme Gehör schenken, die sich gegen diesen Mut und diese Ehre aussprach – auch wenn die Minotauren selbst vielleicht anders urteilten.

Auf Deck bellten Minotauren, und von den Schiffen her antworteten andere. Vier der Minotauren an Deck wandten sich den Menschen zu. Die anderen – Eskaia glaubte, sieben zu zählen – liefen nach achtern. Einer von ihnen brüllte wieder etwas Unverständliches.

Dann nahmen sie die Leiter zum Achterkastell in Angriff. Der Sturm überraschte die Männer auf dem unteren Deck, und vier fielen blutüberströmt auf die Planken, bevor sie überhaupt richtig mitbekamen, daß sie in Gefahr waren. Einer der Überlebenden stieß einem Minotaurus wild mit einer Pike in die Kehle, und durch pures Glück traf die Spitze. Der Minotaurus riß die Waffe heraus, wand sie dem Angreifer aus der Hand, schwang sie wie eine Keule herum und schlug dem Mann den Schädel ein.

Dann fiel der Minotaurus rückwärts auf das Deck, wobei er einen Kameraden mitriß. Der Minotaurus mit der durchbohrten Kehle stand nicht wieder auf. Sein Blut vermischte sich mit dem übrigen Blut an Deck. Der zweite Minotaurus stieß das lauteste Gebrüll aus, das Eskaia in dieser ohrenbetäubenden Schlacht bisher vernommen hatte, und ging wieder zum Angriff über.

Fünf Mann waren verblieben, darunter zwei Bogenschützen. Die Schützen hasteten zum Heck. Einer von ihnen hätte fast Eskaia umgeworfen, als er über die Reling kletterte. Aber sie besaßen keine anderen Nahkampfwaffen als Dolche und begannen wieder zu schießen, sobald sie in Deckung gegangen waren.

Drei Mann gegen sechs Minotauren war kein Kampf. Es war ein Massaker. Um der Gerechtigkeit Genüge zu tun: Die Minotauren spielten nicht mit ihren kleineren Gegnern wie die Katze mit der Maus. Sie drangen einfach von drei Seiten auf sie ein und schwangen Kausin, Clabbard und Katar. Ein Minotaurus hatte auch den grausigen Mandoll mit einem versilberten Stachel auf einem Waffenhandschuh – jedenfalls hielt Eskaia ihn unter dem Blut für versilbert.

Die Kaufmannstochter merkte nicht, wie schnell die Minotauren näherrückten, bis einer von ihnen über die Reling hinweg nach ihr griff. Sie wollte davonlaufen, aber die blanke Angst, gepaart mit der Erschöpfung, ließ sie wie angewurzelt stehenbleiben. Es war der Minotaurus mit dem Mandoll, und jetzt wirkte der Stachel so lang wie ein Speer, als der Angreifer ausholte, um direkt nach Eskaias Kopf zu schlagen. Ihr Gehirn würde über das Deck der *Goldenen Tasse* spritzen ...

Die Wut, die in Eskaia aufwallte, setzte ihrer Lähmung ein Ende. Sie warf sich hin, als der Mandoll vorstieß, so daß der Stachel nur ihren Helm streifte. Sie rollte sich zur Seite ab und zog dabei ihren Dolch. Mit dem Kopf prallte sie gegen die Stiefel der Matrosen, die aus dem Weg zu springen versuchten. Schließlich blieb sie an der Reling liegen.

Sie brauchte einen Moment, bis ihr klar war, daß der Minotaurus sie nicht sehen konnte. Sie hingegen konnte durch die Reling seine ganze Brust und seinen Bauch erkennen. Seine ganze *ungeschützte* Brust.

Im nächsten Augenblick mußte der Minotaurus erfahren, daß Lady Eskaia genau wußte, wie man einen Dolch benutzte. Haimya hatte sie gut unterrichtet, auch wenn ihr Handgelenk und ihr Arm voraussichtlich nicht kräftig genug sein würden, um einen tödlichen Treffer zu landen.

Statt dessen legte sie nicht nur die Kraft von Gelenk und Arm, sondern auch Schultern, Rücken und ihr ganzes, geringes Gewicht in den Stoß. Es war, als wollte sie Dörrfleisch schneiden oder dickes Leder durchstechen, aber das hatte sie beides schon getan, und sie konnte es jetzt wieder.

Der Minotaurus brüllte nicht. Er heulte wie hundert verlorene Seelen aus den Tiefen des *Abgrunds* und umklammerte die Reling. Holz splitterte, und während Eskaia mit beiden Händen den Dolch umklammerte, um erneut zuzustechen, verschwand plötzlich die Reling vor ihr.

Doch es war zu spät, um ihren Angriff abzubrechen. Der

Dolch fand sein Ziel, und der Minotaurus sank zu Boden, als sie ihm den tödlichen Stoß beibrachte. Seine Todeszuckungen rissen ihr den Dolch aus der Hand, aber vorher zogen sie sie noch durch die zerschmetterte Reling auf das Deck darunter, mitten zwischen die übrigen fünf Minotauren.

Pirvan atmete erst auf, als Haimya am Fuß der Klippe auf festem Boden stand und zum vereinbarten Signal für eine sichere Landung beide Hände hob. Tatsächlich hätte er schwören können, daß er die ganze Zeit überhaupt nicht geatmet hatte, aber er wußte, daß dies – da er kein Meereself war – unmöglich war.

Nicht unmöglich war, daß er selbst durch Unachtsamkeit beim Abstieg ausrutschen und sich den Hals oder andere wichtige Glieder brechen konnte. Haimyas Sicherheit war für die Erfüllung ihrer Aufgabe erforderlich; seine jedoch auch.

Pirvan achtete mehr als sonst darauf, gleichmäßig zu atmen und anzuhalten, sobald seine Hände zitterten.

Diese und andere Sicherheitsmaßnahmen beim Klettern hatte er gelernt, bevor er neunzehn wurde, aber jetzt erschienen sie ihm nicht so selbstverständlich wie vor seinem Einbruch im Anwesen der Encuintras – das mußte jetzt Jahre her sein.

Seine große Vorsicht machte den Abstieg langsamer und lauter, als vielleicht nötig gewesen wäre. Seine Hände zitterten schlimmer denn je, als er schließlich das Seil zusammenrollte, und an einer Wange hatte er eine Schramme vom Seil.

Aber er konnte sehen – oder eher hören –, daß sie hier nicht so leicht entdeckt werden würden. Ein vom Regen angeschwollener Bach rauschte nur zwanzig Schritt entfernt vorbei und erfüllte das Tal mit seinem ohrenbetäubenden Echo. Ein Dutzend kräftiger Zwergenschmiede an der Arbeit wären vom Tosen dieses Wassers übertönt worden. Außerdem war der Fluß der einzige Weg aus dem Tal – wenn sie nicht wieder die Klippe hochklettern wollten.

Schon der Gedanke daran erschreckte Pirvan. Um sich abzulenken, begann er, ihr Gepäck einzusammeln und zu überprüfen, ob alles noch heil war, während Haimya das Band aus silberner Gischt und sprudelndem Grün betrachtete.

»Ich glaube, ein Stück flußabwärts ist eine flachere Stelle«, sagte sie.

Erst als sie nach unten wies, fiel Pirvan auf, daß ein Teil ihres linken Unterarms von einer Berührung mit den Felsen rot aufgeschrammt, ja fast blutig war. »Flach genug, damit wir trockenen Fußes hinüberkommen?«

»Nur wenn Hipparan herunterkommt und uns trägt, oder Paladin persönlich eine Brücke baut. Aber es sieht zumindest so aus, als würden wir nicht weggeschwemmt, wenn wir Seile nehmen. Oh, und hierbei sollte ich wohl der Anführer sein.«

Das war sinnvoll, weil sie besser schwimmen konnte als er, und klettern mußten sie nicht. Es war jedenfalls sinnvoller als andersherum und unendlich viel sinnvoller als ein Streit.

Ob sinnvoll oder nicht, das wird mir nicht viel helfen, wenn ich sehe, wie sie vor meinen Augen ertrinkt, dachte Pirvan.

Eskaia tat das erste, was ihr in den Sinn kam, und das war nicht Aufschreien. Statt dessen trat sie um sich. Ihr erster Tritt traf einen Minotauren am Knöchel und hatte ungefähr dieselbe Wirkung wie ein Tritt gegen eine ausgewachsene Eiche.

Das zweite Mal zielte sie höher. Ihr war bewußt, daß sie mit ihrem Kleid dann höchst unziemlich aussehen würde, aber das war ihr absolut gleichgültig. Das zweite Mal hatte sie mehr Glück, denn ihre Ferse traf einen Minotaurus, der sich bückte, um diese seltene Beute zu packen, die ihm da vor die Füße gefallen war.

Wäre er von Grimsor Einauge oder auch Haimya gekommen, hätte dieser Tritt dem Minotauren vielleicht wirklich Schaden zugefügt. So jedoch schadete er nur seinem Gleichgewicht und seiner Selbstbeherrschung. Mit einem Wutschrei fiel der Minotaurus mit rudernden Armen nach hinten. Mit einem Arm blieb er so fest an einem hervorstehenden Splitter der Reling hängen, daß das Holz die behaarte, ledrige Haut durchdringen konnte. Der Minotaurus brüllte noch lauter.

In diesem Augenblick packte einer seiner Kameraden den rudernden Arm, hielt ihn still und zog den Splitter heraus. Das setzte zwei Minotauren vorübergehend außer Gefecht und ließ nur noch drei Angreifer für Eskaia übrig.

Die zwei Bogenschützen reduzierten deren Anzahl prompt um einen weiteren. Aus kurzer Entfernung durchbohrten zwei Pfeile dem Minotaurus die Brust. Einen Pfeil zog er heraus, aber der andere steckte tief in seiner Lunge. Den Tod vor Augen, sprang er nach oben und erwischte einen der Männer am Knöchel. Ein Ruck, und der Mann flog über ihn hinweg. Mit dem Kopf voraus prallte er auf das Deck und brach sich das Genick. Dann griff der Minotaurus nach dem zweiten Pfeil, schnappte nach Luft, als der sich löste, hustete Blut und kippte um.

Er wäre fast auf Lady Eskaia gestürzt, die unter diesen Umständen (und unter dem Minotaurus) wohl kaum überlebt hätte. Aber er kam doch neben ihr auf, so daß die zwei übrigen Minotauren über ihn hinwegtreten mußten, um Eskaia zu erreichen.

Bevor sie dazu kamen, wurden sie von Bogenschützen von oben und von Nahkämpfern von unten angegriffen. Dazu griff Lady Eskaia aus ihrer Mitte an, denn sie schwang einen Katar, den sie aufgehoben hatte. Sie mußte beide Hände dafür nehmen, aber die Querstange am Griff bot ihr genug Platz. Sie stieß ihn einem Minotaurus von hinten in den Schenkel und brachte ihm eine zweite Wunde am Gesäß bei, als er herumwirbelte, um sie mit seinem Shatang zu erledigen.

Der Speer durchstach ihr Gewand, nicht aber ihren Körper. Sie war ans Deck genagelt, aber der Kopf des Shatang war so tief in die Planken gefahren, daß der Minotaurus zu kämpfen hatte, um ihn zu befreien. Dieser Kampf kostete ihn mehr Zeit, als er übrighatte; Kurulus sprang hinter ihm heran und streckte ihn mit zwei schnellen, brutalen Schwerthieben nieder.

Dann war Eskaia in größter Gefahr, totgetrampelt zu werden, bevor sie sich selbst befreien konnte. Schließlich rollte sie sich mit der Kraft der Verzweiflung weg und riß ihr Gewand von dem Shatang los. Als sie taumelnd auf die Beine kam, hoffte sie, daß sie es sich nicht ganz vom Körper gerissen hatte.

Dann griffen zwei Hände, groß genug für einen Minotaurus, Eskaia unter die Schultern und hoben sie nach oben. Sie flog durch die Luft, bis vier kleinere Hände sie auffingen und auf dem nächsten Deck Richtung Heck absetzten.

Sie griff nach dem nächsten festen Halt, und es war ihr ganz gleichgültig, ob sie dabei etwas Lebendiges oder Totes, ob sie Mensch oder Minotaurus erwischte. Sie würde *nicht* in Ohnmacht fallen, bloß weil sie knapp der Gefangenschaft oder dem Tod durch Minotauren entgangen war. Das würde sie sich für ernstere Gelegenheiten aufsparen, wie zum Beispiel einen Heiratsantrag oder eine soeben entdeckte Schwangerschaft.

Ein unanständiger Gedanke führte zum nächsten – wieviel war von ihrem Kleid noch übrig? Sie hatte das unleugbare Gefühl, daß der Wind Stellen erreichte, die für ihn unerreichbar sein sollten. Bevor sie nach unten sehen konnte, langte ihr jemand von hinten über die Schulter und reichte ihr einen Seemannsmantel. Er war groß genug, um zwei Frauen ihrer Statur als Zelt zu dienen, erfüllte aber sicherlich alle nur denkbaren Erfordernisse des Anstands.

Er erfüllte allerdings nicht die Erfordernisse der Beweglichkeit. Er schleifte über das Deck, und schon beim dritten Schritt stolperte Eskaia über die schwere Wolle. Sie wäre gestürzt, wenn nicht eine große Pranke sie aufgefangen hätte.

»Grimsor?«

»Was würden Haimya und Pirvan sagen, wenn Ihr umgekommen wärt? Im Vergleich zu ihnen sind die Minotauren gar nichts.«

Er versuchte, sie von der Schiffsmitte wegzudrehen, aber sie sah trotzdem hin. Sie zählte über zwanzig Leichen, von Menschen und Minotauren, und fand keine mehr als handtellergroße Fläche, die nicht mit Blut bedeckt war. Zwei von den Schiffsjungen lagen tot neben ihren umgekippten Sandeimern, der eine von einem Shatang aufgespießt, der andere mit klaffendem Schädel …

»Verzeihung.« Eskaia kämpfte noch ein paar Augenblicke um ihre Würde, dann stürzte sie zur Reling.

Fast hätte sie es geschafft. Grimsor wartete, bis ihr Magen leer war, dann bot er ihr ein sauberes Tuch an, das er in sauberes Wasser getaucht hatte – etwas, das inzwischen fast so kostbar war wie ein Heiltrank.

Da fiel ihr Tarothin wieder ein. »Wir müssen mit dem Heilen beginnen. Sind die Minotauren vertrieben? Ist Tarothin in Sicherheit? Wo steckt er? Haben wir noch Heiltränke? Ich brauche ein neues Kleid, bevor ich …«

Grimsor zeigte aufs Meer hinaus. Beide Minotaurenschiffe ruhten jetzt mit ausgefahrenen Rudern knapp außerhalb der Reichweite ihrer Bögen. Die Seiten des Schiffes, das die *Goldene Tasse* gerammt hatte, waren blutverschmiert, und das Schiff schien tiefer im Wasser zu liegen.

»Die kommen zurück. Sie haben tote Minotauren an Bord gelassen, und das können sie nicht, ohne ihre Ehre zu verlieren.«

»Und wenn wir die Leichen über Bord …?«

Grimsor sagte etwas, das selbst Eskaia neuerdings abgehärtete Ohren schockierte: »Dann kämpfen sie bis zum Tod, und wenn sie jemanden gefangennehmen, foltern sie ihn zu Tode. Ihr dürft nicht einmal mehr daran denken. Womöglich haben sie einen Magier als Zeugen dabei, und manche Minotaurenmagier können Gedanken lesen.«

»Dann laß mich Tarothin suchen, und wir können versuchen, alle zu heilen, die noch leben. Sobald wir mit unseren eigenen Männern ...«

»Dazu ist keine Zeit. Der Ausguck hat zwei neue Schiffe gesichtet, die sich uns nähern. Das eine ist zu weit weg, um es zu identifizieren, aber das vordere ist nach Minotaurenart getakelt.« Eskaia wünschte, sie würde alle Schimpfwörter von Grimsor und noch ein paar dazu kennen, am besten in Minotaurensprache, damit sie sie verfluchen konnte und noch vom einfachsten Ruderer verstanden werden würde. Dieser Wunsch würde ihr aber wohl nicht erfüllt werden. Welche andere Hoffnung gab es?

»Na gut«, sagte sie schließlich. »Wenn wir ihre Leute ehrenhaft behandeln müssen, sollten wir sie vom Deck herunterschleppen. Es wird ihnen nicht guttun, wenn ihre eigenen Kameraden auf ihnen herumtrampeln. Und wir haben nichts davon, wenn wir über sie stolpern. Jeder, der überlebt, kann geheilt werden, sobald wir dazu kommen. Aber wenn sie noch eine Schlacht durchmachen müssen, überlebt keiner.«

»Aye, aye, Kapitän Eskaia«, sagten Grimsor und Kurulus im Chor. Der Maat hatte sich während Eskaias Rede zu ihnen gesellt.

»Wenn ihr mich verspotten wollt ...«, setzte Eskaia an.

»Entschuldigung«, sagte Kurulus, und sein betroffener Tonfall verriet ihr, daß er es ernst meinte. »Ihr seid weise und ehrenhaft, und wir werden Euren Vorschlag befolgen.«

»Danke«, sagte Eskaia. Sie hoffte, die Männer würden die Leichen und Verwundeten einsammeln, ohne daß sie dabei zusah. Sie mußte sich setzen, etwas trinken – wenigstens einen Schluck Wasser – und sich umziehen. Die Würde des Hauses Encuintras wie auch ihr eigene erforderten letztere Maßnahme.

Kapitel 6

Haimya führte Pirvan mit demselben vollendeten Geschick über den vom Regen angeschwollenen Bach, mit der er sie beide die Klippe hinuntergebracht hatte. Als sie die Überquerung hinter sich hatten, waren sie nicht nasser als vorher, denn das war unmöglich. Um genau zu sein, sie hatten kaum noch einen trockenen Faden am Leib oder einen Bissen zu essen, der sich nicht in Hundefutter verwandelt hätte.

»Nahrung und Kleider können wir notfalls stehlen«, sagte Haimya. »Aber Kiri-Jolit gebe, daß uns unsere Waffen noch eine Weile erhalten bleiben. Ich habe keine Lust, mich einem feindlichen Lager mit einem Schwert zu nähern, das in seiner Scheide verrostet ist.«

Tatsächlich dachte Pirvan bereits über die Vorteile eines anderen Vorgehens nach: Hipparan rufen, auf ihm in die Festung der Feinde reiten, sich Gerik Ginfrayson schnappen und außer Reichweite von Synsagas Männern, den Sprüchen des Zauberers und des schwarzen Drachen davonfliegen.

Das wäre viel einfacher gewesen – nur bot es nicht viel mehr Aussichten auf Erfolg als das heimliche Anschleichen zu Fuß, und setzte gleichzeitig Hipparans Leben aufs Spiel. Es würde durch Magie und die schiere Kraft eines bösen Drachen gefährdet sein, der wahrscheinlich stärker und gerissener war als Hipparan. Das war mehr, als Pirvan guten Gewissens von dem Kupferdrachen verlangen konnte – außer, er hätte einen besseren Grund als den, daß er und Haimya die letzten paar Meilen ihrer Reise trockenen Fußes hinter sich bringen wollten.

Durchnäßt, wie sie waren, wog ihr Gepäck noch mehr als zuvor, und sie hatten Glück, daß das Gelände hinter dem Bach immer bergab verlief und auch viel leichter zu begehen war. Es würde sich vielleicht noch als viel größeres Glück erweisen, daß die Zunderpäckchen in ihrem Gepäck unversehrt schienen.

Jetzt brauchten sie nur noch trockenen Brennstoff, einen sicheren Platz, um ein Feuer zu machen, und Zeit, um an der Wärme alles zu trocknen, was sie besaßen, einschließlich ihrer Haut.

Da allerdings keine der drei Voraussetzungen erfüllt war, marschierten sie weiter.

Der Geruch von Holzrauch warnte sie, lange bevor sie das Feuer sahen, und das Feuer sahen sie, lange bevor sie die Gestalten darum ausmachten. Als sie näher heranschlichen, erkannten sie, daß es Menschen waren, und sie hörten Worte in Gemeinsprache, mit den verschiedensten Dialekten durchsetzt. Sie pirschten sich noch näher heran und lauschten.

»... ein Baumgeist. Ganz bestimmt«, sagte ein Mann. »Im einen Moment sehe ich nur den Baum, im nächsten springt diese Frau auf mich los. Keine Fußspuren, nichts.«

»In diesem Regen hätte nicht einmal eine Armee Oger Spuren hinterlassen«, sagte ein anderer. »Das beweist gar nichts.«

»Doch, es beweist eines«, sagte ein dritter Mann, aus dessen Stimme Autorität sprach. »Synsaga ist nicht mehr der, der er mal war. Warum läßt er alte Hasen wie uns draußen im Regen, wo wir wer-weiß-was begegnen können, während Leute wie dieser Kerl aus Istar Schoßhündchen für Fustiar spielen dürfen?«

Jemand wandte ein, daß eine solche Nähe zu dem Magier vielleicht kein großes Privileg sei, und bekam Zustimmung von allen Seiten. Jemand anders fügte hinzu, daß der Mann aus Istar Synsaga schließlich den Treueeid geleistet habe.

»Vor einem Jahr«, sagte die Stimme dessen, welcher der

Anführer zu sein schien. »Vor einem Jahr, und da war er erst zwei Monate gefangen. Ich diene Synsaga schon zehn Jahre, und wo bin ich?«

»Es gab mal einen König, der hatte einen zahmen Seetroll«, warf eine andere Stimme ein. »Nach zehn Jahren bat er den König um eine Beförderung. Der König erklärte ihm, daß er nach zehn Jahren immer noch ein Seetroll sei.«

Pirvan erwartete – ja, hoffte –, daß sie als nächstes einen Kampf zu hören bekämen, wenn der Beleidigte blutige Rache nahm. Statt dessen hörte er ein unterdrücktes Schluchzen von Haimya und dann lautes, schurkenhaftes Gelächter.

»Du glaubst wohl, du kannst mich in einen Kampf um meine Position verwickeln, Gilsher?« fragte der Mann. »Ich lasse mich auf deine Spielchen erst ein, wenn das Schoßhündchen aus Istar auf dem Drachen reitet!«

Danach redeten alle wild durcheinander. Pirvan lauschte, versuchte aus dem Wortgewirr etwas herauszuhören, hörte aber wenig außer Geschichten von Schlachten und Schlägereien. Sie waren so laut, daß er von Haimya nicht viel gehört hätte, solange sie nicht herankroch und ihm ins Ohr flüsterte.

Deshalb überraschte es ihn auch, als er sich umdrehte und davonschlüpfen wollte, daß er allein war.

Jemar der Schöne hatte seit der Morgendämmerung am Bug der *Windschwert* gestanden. Er hätte auch gern vom Mastkorb aus Ausschau gehalten, doch er wußte, daß er dann zu müde sein würde, sobald der Kampf losging.

Bei Dämmerung hätte man noch »falls« sagen können. Jetzt war es eindeutig »sobald«. Das Minotaurenschiff floh vor der *Windschwert* in einem Tempo, das seine Ruderer über kurz oder lang ermüden mußte. Es war schon unter vollen Segeln gefahren, als die Mannschaft der *Windschwert* es gesichtet hatte, dann hatte es scharf nach Süden abgedreht und mit Hilfe von Segeln und Rudern zugleich die Flucht ergriffen.

Die *Windschwert* war leichter und schneller. Minotaurenschiffe mußten solide gebaut sein, damit sie ihre Mannschaft tragen konnten. Jemars Schiff hatte sich seiner Beute den ganzen Morgen langsam genähert. Inzwischen hatte er den anderen vier Schiffen der Linie Signal gegeben, ihre Suche fortzusetzen. Minotauren zogen selten mit nur einem Schiff in den Krieg; das fliehende Schiff war vielleicht nur auf einem strategischen Rückzug, um die *Windschwert* von den anderen Minotauren abzulenken, die sich womöglich in diesem Augenblick der *Goldenen Tasse* näherten.

Jemar hätte in jeden Handel mit Mensch oder anderen Lebewesen eingeschlagen, der seinem Schiff Flügel wachsen lassen oder gar seinen Männern für einen Tag Ogerkräfte verleihen konnte. Wie die Sache stand, konnte er jedoch nur über die sonnenbeschienene See nach vorne spähen und zusehen, wie das Minotaurenschiff so langsam größer wurde, daß es ihn juckte, als ob er Flöhe unter der Rüstung hätte.

Selbst wenn sie das Schiff einholten, gemahnte er sich selbst, würde es ein harter Kampf werden. Er hatte nicht die Autorität, die Minotauren aus diesen Gewässern zu verweisen, und selbst wenn er sie gehabt hätte, würden sie nicht kampflos abziehen. Aber er vertraute darauf, daß seine gestählten Kämpfer jede vorstellbare Anzahl an Minotauren überwältigen konnten, ohne jemanden in seiner Ehre zu kränken.

Und dann würde es an der Zeit sein, ein paar Fragen zu stellen, etwa dazu, was Minotauren an dieser Küste zu suchen hatten, wie stark sie waren und ob ihnen irgendwelche anderen friedlichen Schiffe ins Netz gegangen waren …

»Deck ahoi! Drei Schiffe, zwei Strich backbord.«

Jemar legte die Hände wie einen Trichter an den Mund, um mit seiner Antwort den Mastkorb zu erreichen. »Drei Schiffe, sagst du?«

»Aye, Kapitän. Kann aber noch nicht erkennen, was für welche.«

Jemar biß sich so fest auf die Unterlippe, daß sie beinahe blutete. Sollten sie weiter dem Minotaurenschiff nachstellen, es einholen und weitermachen, wie Jemar es den ganzen Tag geplant hatte? Oder sollten sie darauf setzen, daß eins von diesen drei Schiffen die *Goldene Tasse* war, und in diese Richtung abdrehen?

Wenn er die Verfolgung abbrach, würde das Minotaurenschiff vor ihnen zweifellos entkommen und auf den friedlichen Schiffahrtswegen viel Unheil anrichten. Aber wenn er diesem Schiff gestattete, die *Windschwert* von den anderen abzulenken, und eines davon war die in Gefahr geratene *Goldene Tasse* …

In diesem Fall würde das Blut von Lady Eskaia an seinen Händen kleben, und obwohl sie vielleicht schon jetzt tot war, würde er jede Nacht ihre Todesschreie hören, bis seine Augen sich für immer schlossen. Vielleicht warf er einen sicheren Erfolg für einen ungewissen hin, aber ein Einsatz nahm stets eine andere Qualität an, wenn Menschenleben auf dem Spiel standen.

Ein Schiffsjunge rannte mit Befehlen für den Steuermann nach achtern. Matrosen stellten die Segel um, der Takt der Ruder veränderte sich, und jeder, der nicht ruderte, steuerte oder an Leinen zog, begann damit, die Waffenkisten zu öffnen.

Jemar hatte sich gerade mit einem messingbesetzten Lederkoller ausgerüstet, einem versilberten Helm ohne Visier mit einem scharlachrot gefärbten Busch aus Möwenfedern, dazu mit Entermesser und Dolch, als der Ausguck wieder das Deck anrief.

»Kapitän. Es sind wirklich drei Schiffe. Zwei von ihnen nach Minotaurenart gebaut.«

Einen Augenblick war Jemars Kehle zu trocken, als daß er hätte sprechen können. Bevor er dazu kam …

»Hoaaa!« schrie der Mann im Ausguck. »Das dritte ist groß und hat keine Masten mehr. Sieht aus wie die *Goldene Tasse*.«

Jemar sank auf die Knie, aber nicht um zu beten, sondern weil seine Beine ihm vorübergehend den Dienst versagten. Allerdings teilte er den anderen mit, er habe Habbakuk um einen ehrenvollen Sieg angefleht, und niemand konnte ihm das Gegenteil beweisen.

Jemar war ebensowenig begeistert wie seine Mannschaft, als er sah, daß das verfolgte Minotaurenschiff umkehrte und zum Verfolger wurde. Doch der Wind stand jetzt bestens für die *Windschwert*, und Jemar konnte die Hälfte seiner Ruderer ausruhen lassen und trotzdem den Abstand zu den Minotauren beibehalten.

Was geschehen würde, wenn alle fünf Schiffe zusammenkamen, hing sehr stark davon ab, was sich an Bord der *Goldenen Tasse* abgespielt hatte.

Wenn sie sich gegen den Minotaurenangriff gut behauptet hatte, würde Jemars Hilfe dem Kampf vielleicht die entscheidende Wende geben. Wenn sie jedoch bereits erobert war, wußte Jemar, daß er einiges zu tun haben würde, um sich und sein Schiff vor drei Minotaurenschiffen zu retten. Es würde eine Weile dauern, bis der Rest seiner eigenen Schiffe begriffen hatte, daß er viel zu lange im Süden verweilte, und auf die Suche gehen würde – oder auf einen Rachefeldzug für ihn und die *Goldene Tasse*.

Jemar entschied, daß das Leben einfacher und erfreulicher sein würde, wenn die *Windschwert* die *Goldene Tasse* rechtzeitig erreichte und all diese zusätzliche Arbeit unnötig machten.

Pirvan hatte noch nie im Leben solche Angst gehabt wie zu dem Zeitpunkt, als er entdeckte, daß Haimya nicht mehr bei ihm war.

Nein, erinnerte er sich, er hatte schon einmal mindestens ebensolche Angst gehabt – als er glaubte, die Seenaga hätte sie erwischt.

In diesem Dschungel sollte es keine Seenagas geben, aber was war dann aus Haimya geworden? Vielleicht hatte sie die falsche Richtung eingeschlagen, war auf eine lautlose Gefahr – zum Beispiel eine Giftschlange – gestoßen oder von Wachposten festgenommen worden, die außerhalb des Lichtscheins aufgestellt waren.

Widerstrebend bedachte Pirvan auch, daß sie es vielleicht nicht ertragen hatte, von dem geheimnisvollen Mann aus Istar zu hören. Obwohl man darauf vielleicht gar nichts zu geben brauchte – wenn der Mann nicht Gerik Ginfrayson war, hielt Synsaga eben *zwei* Männer aus Istar gefangen.

Zwei Gefangene aus Istar – von denen der eine zu ihm übergelaufen war. Daran bestand kaum Zweifel nach allem, was die Männer gesagt hatten.

Nein, der Glaube an den Zufall war oft beruhigend, aber selten weise. Haimyas Verlobter hatte Synsaga den Treueeid geschworen und war jetzt – noch schlimmer – ein Vertrauter seines »Hausmagiers« geworden (wobei der Magier seinerseits Synsaga zweifellos als seinen »Hauspiraten« ansah).

Wenigstens war Gerik am Leben und bei bester Gesundheit. Doch einen Mann zu retten, der gar nicht gerettet werden wollte, der vielleicht fand, er wäre besser aufgehoben, wo er gerade war, der seine Möchtegernretter womöglich an Synsaga verriet ...

Pirvan erschauerte und fand, daß er nun vielleicht ausreichend Gründe hatte, Hipparan zu rufen. Allerdings konnte der Kupferdrache ihm nicht bei der Suche nach Haimya helfen, ohne jeden Mann in Synsagas Lagern und auf seinen Schiffen aufzuschrecken. Bisher schienen nicht einmal die überfallenen Posten mißtrauisch zu sein, höchstens im Hinblick auf die bösen Bewohner des Dschungels (und Pirvan fiel es leicht, an die zu glauben). Das Erscheinen des Drachen hingegen würde alle Männer alarmieren.

Pirvan beschloß, Haimyas Rückkehr abzuwarten, bevor er

Hipparan rief; und er beschloß, zu warten, wo er war. Selbst wenn Haimya gefunden werden wollte, konnten sie einander leicht verfehlen, wenn er in den Dschungel eindrang. Wenn man sie aufgegriffen hatte, würde sie früher oder später im Lager auftauchen. Dann würde Pirvan erfahren, wie die Sache stand, und sein Bestes tun, ihr wenigstens einen schnellen, schmerzlosen Tod zu verschaffen.

Pirvan pirschte sich an einen Baum heran, der durch seinen Umfang großzügige Rückendeckung bot. Dort warf er sein Gepäck ab, zog abgefallene Zweige unter sich, bis er wenigstens nicht mehr direkt im Matsch saß, und gab sich Mühe, sich zu entspannen. Er konnte nach drei Seiten sehen, der Dolch lag in seiner Hand, und er konnte das Wenige bewahren, was noch von seiner Kraft übrig war.

Da kam jemand. Ohne die Augen zu öffnen, rollte Pirvan sich zur Seite, sprang auf und zielte mit der freien Hand und zugleich mit der Messerhand genau auf das Geräusch.

Er ließ den Dolch erst sinken, als er Haare fühlte, die feiner waren als die eines Mannes, und dazu weiche Haut. Als er die Augen aufschlug, sah er Haimya vor sich stehen, die Hände in die Hüften gestemmt. Er trat zurück, sie schlug die Hände vors Gesicht, dann sank sie in sich zusammen wie eine Marionette, der man die Fäden abgeschnitten hatte.

Pirvan fing sie auf, so daß sie nicht der Länge nach im Schlamm landete, nahm ihr das Gepäck ab und lehnte sie dann mit dem Rücken an den Baum. Bald danach stellte er fest, daß er ihre Hand hielt und seinen anderen Arm um ihre Schultern gelegt hatte.

Sie weinte lautlos, entweder aus Selbstbeherrschung oder aus Angst, das Lager zu alarmieren. Aber sie bebte, und Tränen rannen ihr über das Gesicht, wie sehr sie sich auch bemühte, die Augen zuzudrücken.

Auch wenn sie weit vom Feind entfernt gewesen wären, hätte Pirvan nichts zu sagen gewußt, das nicht entweder lächerlich klingen oder Haimyas Intelligenz beleidigen würde. Wenn er ihr schon keine Last abnehmen konnte, konnte er wenigstens versuchen, ihr keine neue hinzuzufügen.

Sie saßen unter dem Baum, bis das Lagerfeuer langsam immer heller wirkte, denn die Wolken, die über dem Dschungel aufzogen, sorgten für ein unheimliches Zwielicht.

Es fiel kein Regen.

»Pirvan ...«, begann Haimya schließlich.

»Ich höre dir zu, wenn du reden mußt. Du bist mir nichts schuldig.«

Sie streichelte seine Wange. »Im Gegenteil. Ich schulde dir viel für dein Schweigen. Du ... du hast mich nicht verurteilt.«

»Zu den Schwierigkeiten anderer Menschen zu schweigen, scheint die einzige rechtschaffene Kunst zu sein, die ich beherrsche«, sagte Pirvan achselzuckend. »Außerdem müssen wir nicht das Schlimmste über Gerik denken, bevor wir die Wahrheit aus seinem eigenen Mund gehört haben.«

»Wie sollen wir das anstellen? Der Drache ...«

»Hipparan oder der schwarze?«

»Der schwarze Drache – er wird auf Hipparan losgehen, sobald unser Freund erscheint. Aber wie sollen wir ohne seine Hilfe Gerik erreichen und mitnehmen, wenn er zum Bösen übergelaufen ist?«

»Synsaga ist vielleicht nicht durch und durch böse.«

»Geriks neuer Meister ist nicht Synsaga, wenn man den Männern Glauben schenken darf.« Als Haimya merkte, daß sie ihre Stimme erhoben hatte, atmete sie tief durch und fuhr flüsternd fort: »Wenn er dem Magier folgt, kann ich mir nicht vorstellen, daß er diesen Mann verläßt und mit uns zurückkehrt. Selbst wenn er das wünscht, wird der Magier es ihm nicht gestatten. Er wird den schwarzen Drachen rufen und uns alle umbringen.«

Für Pirvan bedeutet das eigentlich nur, daß sie ohne Hipparan weitermachen mußten. Haimya würde es jedoch bestimmt nicht begrüßen, wenn er das Offensichtliche aussprach. Nach langem Schweigen schüttelte Haimya den Kopf und fuhr sich mit den Fingern durchs Haar. Danach sah es eher noch wirrer aus als zuvor, aber die Geste schien ihr Kraft verliehen zu haben. »Ich werde Gerik nicht verlassen, nur weil die Piraten am Lagerfeuer über ihn munkeln. Ich will auf seine Ehre vertrauen. Er wird uns die Wahrheit sagen und uns gestatten, uns frei zu bewegen, sofern das in seiner Macht liegt. Wenn uns der Magier gefährlich wird, rufen wir Hipparan.«

»Ich würde sagen, das bedeutet, daß wir in die Festung des Magiers eindringen müssen.«

»Natürlich. Denk daran, wir haben eine zweite Aufgabe. Wir müssen herausbekommen, über welche Kräfte Synsagas Magier gebietet.«

Unausgesprochen blieb die Aufgabe, daß sie überleben mußten, um das, was sie herausbekamen, an andere weiterzugeben. Aber anscheinend mußte man das Leben nehmen, wie es kam – einen Tag nach dem anderen. Aus Vorsicht durften sie zwar an morgen denken, über die Gedanken an die Zukunft jedoch nicht die Gegenwart vergessen.

Sie halfen einander auf die Beine, als ein rauher Schrei durch das Zwielicht gellte. Er schien von weit oben zu kommen, und als Pirvan genau hinhörte, vernahm er, daß der Urheber des Schreis sich schnell bewegte. Sie lauschten und hielten einander in den Armen, bis der Schrei erstarb und nur noch die gewöhnlichen Laute der Dschungeldämmerung zu hören waren.

Pirvan juckten die Füße. Am liebsten wäre er vor dem, was dort vom Himmel geschrien hatte, so weit wie möglich davongelaufen. Er tadelte sich wegen seines Mangels an Mut und Ehre und zwang sich loszugehen. Hinter ihm überprüfte Haimya den Sitz ihres Schwerts, hob ihren Stab und folgte.

Die Minotauren brauchten so lange, bis sie sich für ihren zweiten Angriff gerüstet hatten, daß manche an Bord der *Golde-*

nen Tasse schon hofften, der Feind hätte den Kampf aufgegeben. Grimsor erstickte solche Hoffnungen vorsorglich schon im Keim, denn er wußte, daß Verteidiger, die infolge zerschlagener Hoffnungen mutlos waren, sich gegen Minotauren oder auch weniger starke Gegner nicht behaupten konnten.

»Es gibt nur eine Möglichkeit, daß sie drüben bleiben, nämlich, wenn die zwei Häuptlinge oder Kapitäne, oder wie sie sich auch nennen mögen, miteinander in Streit geraten. Dann müssen sie sich zurückziehen und die Sache mit dem Duell auf Leben und Tod bereinigen, ehe die Krieger des einen Führers dem anderen folgen. Aber selbst dann werden sie zurückkommen. Vielleicht sogar noch bevor andere Minotauren oder Synsagas Piraten uns finden.«

Das war für Grimsor eine lange Rede, besonders da er erwartete, all seinen Atem schon in den nächsten Stunden im Kampf zu brauchen. Wenigstens waren seine Worte nicht verschwendet; das »Vielleicht-ist-es-vorbei«-Gemurmel legte sich; statt dessen kratzten die Wetzsteine lauter an den Schneiden der Schwerter.

Kurulus hatte auch nicht viel Hoffnung, daß die Minotaurenflotte fliehen oder die *Goldene Tasse* den nächsten Angriff gut überstehen würde. »Wir haben über die Hälfte der Pfeile verbraucht«, flüsterte er, »und rund die Hälfte unserer Schwerter müßten besser geschärft werden, als wir es an Bord des Schiffes schaffen. Man möchte meinen, daß jeder Seemann, der jemals Schiffszwieback gekostet hat, sich eine Klinge besorgt, die zäh genug für Minotaurenhaut ist. Aber nein, sie zahlen den halben Monatslohn an irgendwelche Händler, die eine gute Klinge nicht einmal erkennen, wenn sie ihnen die Nase abschneidet!«

Der Topmaat ging davon und murmelte etwas in seinen Bart. Ein Schrei vom Achterkastell erinnerte Grimsor an ein weiteres Problem – die Heiltränke waren fast verbraucht, und Tarothins Kraft würde wahrscheinlich als nächstes schwinden.

Der eigentliche Heiler des Schiffes besaß keine Fähigkeiten, die mit denen von Tarothin vergleichbar waren, tat aber sein Bestes an den Minotauren und den nicht ganz so schwer verletzten Menschen. Grimsor konnte nur hoffen, daß sein Bestes gut genug war, damit er wenigstens die Ehrenvorstellungen der Minotauren erfüllte, wenn er ihre Kameraden schon nicht retten konnte.

An Backbord lag das Minotaurenschiff, das die *Goldene Tasse* gerammt hatte, jetzt mit dem Bug bereits sehr tief im Wasser. Am Heck überquerte ein steter Strom Minotauren eine Laufplanke zu dem unbeschädigten Schiff. Daß ein Schiff unterging, würde bestimmt böses Blut zwischen den beiden Anführern erzeugen, wenn der Anführer des gesunkenen Schiffes um seine Stellung rang.

Man konnte jedoch kaum hoffen, daß der Streit früh genug ausbrechen würde, um die *Goldene Tasse* zu retten. Deshalb behielt Grimsor sein Schwert in Reichweite, als er sich auf dem am wenigsten blutigen Platz an Deck ausstreckte.

Einige Zeit später erwachte Grimsor mit Kopfschmerzen von der Sonne, mit Übelkeit vom Gestank der Minotaurenkörper – sie rochen nach unausgemisteten Ställen – und mit einem Durst, der ihn einen kleinen See hätte austrinken lassen. Immerhin trank er einen ganzen Krug Wasser – was auch immer sie heute umbringen würde, an Durst würden sie jedenfalls nicht sterben. Danach fühlte er sich fast erholt.

Es ging ihm noch besser, als er sah, daß sein Schwert noch kampfbereit neben ihm lag, und am allerbesten, als Lady Eskaia auf das Mitteldeck herunterkam, um sich bei ihm zu bedanken. Sie küßte ihn sogar, obwohl sie sich dazu auf die Zehenspitzen stellen mußte, und er war in großer Versuchung, sie noch einmal hochzuheben, damit sie ihre Sache anständig verrichten konnte – bis er sah, daß seine Hände und Unterarme von getrocknetem Blut verkrustet waren.

Bevor er sich waschen konnte, riefen die Männer auf dem

Ausguck, was jeder Mann an Deck mit eigenen Augen sehen konnte – daß die Minotauren zurückkamen. Grimsor zeigte auf das Achterkastell, und zu seiner Überraschung und Erleichterung rannte eine bleiche Lady Eskaia tatsächlich in Deckung!

Das einzige Problem war, daß sie zum Vorkastell rannte.

»Wenn ich an Deck schon zu nichts nutze bin, kann ich wenigstens noch den Verwundeten helfen«, rief sie. »Die meisten sind doch noch vorne, oder?«

»Ja, aber ...«

»Danke, Grimsor. Ich bin dir dankbarer denn je!«

Sie verschwand. Grimsor blieb zurück und fragte sich, ob es nicht das einfachste wäre, sich gleich über Bord zu stürzen. Dann befand er, daß er so etwas erst tun sollte, wenn die Minotaurenschiffe neben ihnen lagen. Schließlich war er wenigstens so schwer, daß er, wenn er fiel, noch den größten Minotauren zerschmettern konnte.

Im Dschungel war gerade die Nacht hereingebrochen und hatte Haimya Schlaf geschenkt, als Pirvan oben ein Trällern hörte. Es schien genau über den Baumkronen zu sein und an einer Stelle zu verharren – als hätte der Trällerer einen Felsen oder einen Baumwipfel gefunden, wo er sich zum Rufen niedergelassen hatte.

Pirvan sah zu Haimya, deren rasselnder Atem ihm gar nicht gefiel. So abgehärtet sie als Söldnerin auch gewesen war – jetzt war sie schon eine ganze Weile nicht mehr ins Feld gezogen, denn sie hatte ihren Lohn vom Hause Encuintras erhalten. Sie hielt sich wacker, aber das Lungenfieber konnte nach solchen Strapazen jeden niederstrecken.

Das Lungenfieber, und der nächste Heiler, der bei Synsaga in Lohn und Brot und noch dazu von böser Gesinnung war.

Pirvan hatte mit Verletzungen gerechnet, aber nicht mit so etwas. Er machte sich Vorwürfe, als über ihm Zweige knackten und die Dunkelheit vor ihm sich erhellte.

»Willkommen, Hipparan«, sagte er.

»Das hoffe ich doch«, sagte der Drache. Er schaute nach oben. »Gut. Keine Öffnung mehr in den Zweigen.«

»Ich wußte gar nicht, daß da eine war.«

»War sie auch nicht, bis ich sie gemacht habe. Du willst natürlich wissen, wie? Ich habe meinen Weichmacherspruch abgeändert, um die Zweige so biegsam zu machen, daß ich sie geräuschlos durchdringen konnte. So sind keine abgebrochenen Zweige zurückgeblieben, die meine Spur oder mein Versteck verraten könnten. Ich möchte nicht so jung schon Narben tragen – für den Fall, daß ich vielleicht noch eine Gefährtin finde.«

»Ich bin sicher, daß du der schönste aller Kupferdrachen bist. Und ohne Narben in deinem Schuppenkleid wirst du gewiß eine Gefährtin gewinnen, die deiner würdig ist. Aber was hast du ...?«

Das Räuspern des Drachen unterbrach seine Gedanken und seine Rede. Pirvan schwieg, denn er war sich der riesigen Augen und der gleichermaßen enormen Intelligenz hinter diesen Augen bewußt, die ihn wenig freundlich ansahen.

»Vergib mir«, sagte Hipparan schließlich. »Ich spüre, daß deine Gefährtin krank ist. Zum Heilen bin ich nicht in der Lage, sonst würde ich es anbieten.«

»Haimya ist nicht meine Gefährtin«, sagte Pirvan. Er hätte lieber einen anderen Zeitpunkt gewählt, um über menschliche Sitten zu diskutieren, aber er erinnerte sich an das Räuspern aus dem Drachenschlund. »Sie ist dem versprochen, den wir auslösen wollen. Wenn sie von ihrem Versprechen entbunden ist und er von seinem, *dann* sind beide frei, einen anderen Gefährten zu wählen. Erst dann.«

»Nun, dann solltest du unbedingt um sie werben, wenn sie frei wird«, sagte Hipparan in einem Ton, als sei die Sache damit erledigt.

Ein unerwartetes Geräusch unterbrach Dieb und Drachen –

das Kichern von Haimya. Besser gesagt, ihre erfolglosen Versuche, dieses Kichern zu unterdrücken.

»Unter diesen Umständen«, sagte sie schließlich, »könnte ich Pirvan sogar die Erlaubnis dazu geben. Aber wir können erst erfahren, was mein Verlobter wirklich denkt, wenn wir mit ihm reden. Oder hast du herausgefunden, wo er ist, Hipparan, und eine Nachricht von ihm mitgebracht?«

»Am besten sucht ihr ihn im Turm des Magiers. Er ist dort mehr Gast als Gefangener, aber der Magier scheint ihm nicht ganz zu trauen. Allerdings ist er auch jemand, der niemandem vertraut. Und er trinkt.« Nicht einmal eine weißhaarige Priesterin der Mishakal hätte mit einem so grenzenlos verächtlichen Ton sprechen können.

»Soweit ich sehe, wäre es für uns das beste, wenn er kopfüber in ein Weinfaß fallen und ertrinken würde«, sagte Haimya. In ihrer Stimme lag ein leichtes Zittern, das Pirvan verriet, daß sie ihren Schmerz noch nicht überwunden hatte, und daß das Fieber sich noch zu dem Schmerz gesellt hatte.

»Allerdings. Je weniger er zaubert, desto besser. Aber mächtige Magier, die in betrunkenem Zustand zaubern …«

Hipparan brach ab, als würden solche Aussichten selbst ihn entsetzen.

Pirvan hätte Haimya gern den Arm um die Schultern gelegt oder ihren Arm um seinen Körper gespürt. Statt dessen hielten sie sich sorgfältig voneinander fern, während Hipparan fortfuhr: »Ohne den Magier – sein Name dürfte Fustiar sein – hätten wir von dem schwarzen Drachen weniger zu befürchten.« Er schwieg einen Augenblick, und Pirvan kam es so vor, als ob er vor Müdigkeit oder Kummer den Kopf schüttelte.

In seiner Stimme jedenfalls lag Trauer. »Der Schwarze – ich habe keinen Namen für ihn – war schon alt, als er in den Drachenschlaf eintrat. Fustiar hat ihn in eine Welt gerufen, wo er glaubte, er würde alleine sterben, als allerletzter Drache. Er hat Fustiar gegen Menschen und andere niedere Rassen gedient. Er wird Fustiar weiter dienen. Aber er will keinen anderen Drachen bekämpfen, nicht einmal, um Fustiar zu Diensten zu sein.«

Haimyas Stimme war sehr fest, als sie sprach. »Heißt das, daß auch du nicht gegen ihn kämpfen möchtest?«

Das Schweigen dauerte so lange, daß Pirvan, wäre Hipparans Atem nicht gewesen, beinahe gedacht hätte, der Drache wäre davongeflogen. Schließlich hörte er ein Seufzen.

»Das wäre mein Wunsch, aber letztlich liegt die Entscheidung bei Fustiar. Bei Fustiar und seinem Gefolge. Wenn Drache oder Mensch mich angreift – dann bin ich es auch schuldig, zu kämpfen.«

»Kannst du uns wenigstens näher an Fustiars Turm herantragen, ohne daß wir gesehen werden?« fragte Pirvan. Er bezweifelte, daß Haimya ihre Krankheit eingestehen und diese Bitte selber stellen würde.

»So nahe, wie es geht, ohne in das Territorium des anderen einzudringen, ja. Dann müßt ihr immer noch ein Stück laufen, aber ihr habt das Überraschungsmoment auf eurer Seite. Oh, und wir sollten es besser bei Nacht machen, von einer größeren Lichtung aus als die, welche ich in dieser Gegend gesehen habe.«

»Danke«, sagte Pirvan. Dieses letzte Wort in der Gemeinsprache wurde dem, was er fühlte, nicht gerecht; eine ganze Schriftrolle wäre noch zuwenig gewesen. Er kam ins Wanken und griff haltsuchend nach dem Reitgeschirr.

»Du kannst das Geschirr ruhig überprüfen, wenn du willst, aber ich versichere dir, daß es in bester Ordnung ist«, sagte Hipparan. »Vorläufig – falls ich euch einen Rat geben darf – könnte ich euch beiden vielleicht helfen, besser zu schlafen.«

Im Schutz einer gefalteten Drachenschwinge zu schlafen, war eine neue Erfahrung für Pirvan, aber ihre Neuartigkeit hielt ihn nicht lange wach. Auch Haimya schien sich nicht daran zu stören, wie man aus ihrem Schnarchen schließen konnte.

Selbst Eskaia konnte erkennen, daß der zweite Angriff der Minotauren mit dem Mut der Verzweiflung erfolgte. Sie legten sich einfach längsseits an die *Goldene Tasse*, warfen Enterhaken an jede Stelle, wo diese Halt finden konnten, und begannen dann zu klettern. Ihre einzige Strategie bestand darin, daß sie Kämpfer mit Schleudern und Shatangs am Bug und am Heck postierten, die versuchten, die Seile an den Enterhaken durchzuschneiden.

Es fielen so viele Verteidiger, daß die Bogenschützen geschwächt waren und ein paar Haken hängenblieben. Manche Männer starben, weil ihre Köpfe zu Brei zermalmt wurden oder die Shatangs ihnen die Brust durchbohrt hatten, so daß auch die zwölf mächtigsten Priester von Krynn sie nicht mehr hätten heilen können.

Es waren aber immer noch reichlich Verteidiger mit Waffen zur Stelle, als die Minotauren wieder auf das Mitteldeck der *Goldenen Tasse* ausschwärmten. Diesmal waren die Stiermänner gekommen, um zu siegen oder zu sterben, und vom ersteren hielt sie eigentlich nur die Tatsache ab, daß schon zu viele das letztere getan hatten.

Es war keine Schlacht, die zu verstehen gewesen wäre, selbst wenn jemand sie in Ruhe und von einem sicheren Platz aus beobachtet hätte. Eskaia verfügte über keines von beidem. Es gab keinen sicheren Platz an Bord der *Goldenen Tasse*, und für jemanden, der sich um die Verwundeten kümmerte, auch keine Ruhe.

Nicht, daß sie die ganze Zeit in Deckung geblieben wäre. Innerhalb weniger Minuten wurde jeder gesunde Mann im Kampf gebraucht. Die Verwundeten und Sterbenden, ob Mensch oder Minotaurus, endeten in den Händen der Jungen – jener Verwundeten, die sich aufsetzen und beide Hände benutzen konnten, um weniger Glücklichen zu helfen – und in den Händen eines aschfahlen, taumelnden Tarothin.

Oder sie landeten bei Eskaia. Sie schenkte Tropfen des Heiltranks aus, legte Binden an, wechselte Verbände, hielt Glieder gerade, damit die Knochen unter Tarothins Sprüchen nicht in unnatürlichen Positionen verheilten, und wünschte, sie hätte noch drei Doppelgängerinnen, die dasselbe täten.

Die einzigen Pausen boten sich, wenn sich der Schrei nach Trägern erhob, die einen verwundeten Matrosen oder Gefangenen vom blutigen Deck in Sicherheit bringen sollten. Dann gehörte Eskaia zu den Stärksten – eine angenehme Abwechslung, nachdem sie sonst zu den Schwächsten zählte.

Sie wünschte nur, ihr Dolch hätte einen beschwerten Griff wie der von Pirvan, oder sie könnte mit der beschwerten Schnur umgehen wie Haimya. Beides waren Waffen, die ihrer Statur und Kraft angemessen waren und ihr gestattet hätten, am eigentlichen Kampf teilzunehmen – jedenfalls bis die Matrosen sie gemeinsam wieder in Deckung gebracht hätten.

Männer, das wußte sie schon lange, wollten immer den ganzen Spaß für sich allein.

Nur war das hier kein Spaß. Es grenzte an Irrsinn, und Eskaia spürte, wie der Irrsinn mit knochigen Fingern nach ihrem Verstand griff, als einer der Jungen mit einer klaffenden Wunde im Schenkel umfiel. Sie riß den Saum ihres Kleides ab, um die Wunden zu verbinden, aber er hatte schon zuviel Blut verloren.

So konnte sie ihn nur festhalten und versuchen zu verstehen, was er durch das Geschrei und Gebrüll und Gefluche, das Aufschlagen der Steine, das Sirren der Pfeile und das irre Getöse des aufeinandertreffenden Stahls zu sagen hatte.

Der Junge starrte sie lange schweigend an, dann ergriff er ihre Hand. Seine Lippen bewegten sich, und Eskaia glaubte, das Wort »Mutter« zu hören. Dann hielten die Lippen inne, die Augen wurden leer, und die Hand um ihre Hand erschlaffte und rutschte auf das Deck.

Manchmal glaube ich, ich hätte soviel versäumt, dabei bin ich fünf oder sechs Jahre älter als er, dachte Eskaia.

Sie stolperte an die Seite des Schiffes. Ihr Magen war zu leer, um sich zu übergeben, aber ihre Lungen verlangten brennend nach frischer Luft. Selbst um den Preis eines Speers im Rücken oder eines zerschmetterten Schädels …

Gebrüll erhob sich, denn beide Seiten jubelten so laut, daß sie einen Augenblick keine Luft mehr zum Kämpfen hatten. Von Steuerbord näherten sich zwei Schiffe, ein Minotaurenschiff und ein großes, schnelles Seebarbarenschiff. Einen Moment lang war das zweite Gefährt nur von vorn zu sehen und unmöglich zu identifizieren.

Dann vollzog es eine scharfe Wendung, und neuer Jubel brach aus, als die Menschen Jemars *Windschwert* erkannten. Die Decks waren leergefegt; jeder einsatzfähige Mann mußte an den Rudern sein. Das Schiff drehte zurück auf seinen alten Kurs, auf das Minotaurenschiff zu. Dieses ruderte rückwärts, um diesem Angriff seinen eigenen Bug mit dem Rammsporn entgegenzusetzen.

Statt dessen zog Jemars Schiff seine eigenen Ruder auf der dem Feind zugewandten Seite ein. Statt der Planken zerschmetterte sein Rammsporn und der Bug alle Ruder auf der Backbordseite des Minotaurenschiffs. Eskaia schloß die Augen, um das Bild der schweren Riemen zu verdrängen, die nun unter Deck vorschnellen und Schläge austeilen mußten, welche selbst einem Minotaurus den Schädel zermalmen konnten.

Die *Windschwert* wirbelte in einem engen Kreis herum, bei dem sie nur die Ruder der einen Seite benutzte, bis sie ganz gewendet hatte. Dann peitschten beide Seiten den blauen Ozean zu weißem Schaum auf, als die *Windschwert* wie ein Riesenshatang auf die behinderte Seite des feindlichen Schiffs zuflog.

Eskaia brauchte nicht viel Vorstellungskraft, um die Schmerzens- und Entsetzensschreie zu hören, als der Rammsporn der *Windschwert* in die Seite des Feindes eindrang, und um das Blut zu sehen, das sich im Wasser ausbreitete, als Jemars Schiff von der klaffenden Wunde abließ, die es verursacht hatte. Eskaia drehte sich weg, als das Minotaurenschiff nach Backbord Schlagseite bekam.

Jetzt erstarb der Kampflärm, denn die Minotauren traten den Rückzug an. Nur wenige aus der Besatzung der *Goldenen Tasse* hatten Lust, ihr eigenes Leben aufs Spiel zu setzen, um sich in diesen Rückzug einzumischen. Wasserfontänen spritzten hoch, als die unverwundeten Minotauren über die Seite der *Goldenen Tasse* sprangen und auf ihr Schiff zuschwammen. Die verletzten Minotauren krochen oder taumelten los und kletterten mühsam die Seile hinunter. Manche verloren den Halt und stürzten ebenfalls ins Wasser. Die meisten von ihnen kamen nicht wieder an die Oberfläche hoch.

Eskaia wandte sich vom Schauspiel des Minotaurenrückzugs ab, als hinter ihr ein weiteres Platschen ertönte. Zuerst sah sie, wie das Schiff, das Jemar zum Opfer gefallen war, sich noch weiter neigte. Sein Deck wimmelte von Minotauren, als unverletzte Ruderer heraufeilten, um sich vielleicht doch noch in Sicherheit zu bringen. Äxte blitzen auf; ein paar kluge Köpfe zerhackten Boote und Schiffsplanken, damit die Schwimmer sich an das Holz klammern konnten.

Wieder war das Platschen zu hören, diesmal näher und lauter. Ein riesiger Minotaurenkopf ragte über den Rand der Gangway heraus. Sein linkes Auge war geschlossen, seine linke Wange und das rechte Ohr bluteten heftig, und seine Hände zerrten mit blinder, verzweifelter Kraft an den Schanzenkleidern.

Eine Planke zerbrach wie ein dünner Zweig. Eskaia erkannte, daß der Minotaurus am Ende seiner Kraft war, aber vielleicht hatte er sich geschworen, mit dieser letzten Kraft noch einen Feind mit in den Tod zu reißen. Um das zu verhindern, mußte sie nur ihren Dolch über seine Knöchel ziehen oder ihm einen kräftigen Nasenstüber versetzen.

Mit bloßen Händen trat sie vor und ergriff den Minotaurus

an einer Hand und einem Horn. Er stand sehr wackelig da; ein leichter Stoß würde ihn über die Seite kippen, und er würde ertrinken. Ein ebenso leichter Zug holte ihn jedoch wieder an Bord. Er ließ einen weiteren Teil des Schanzenkleides zersplittern, dann fiel er auf die Decksplanken.

Sein unversehrtes Auge sah im Fallen nach oben, und Eskaia fand, daß es sie belustigt anschaute. »Schon gut«, sagte sie besänftigend. »Deine Ehre würde für sechs Minotauren reichen. Fühl nur deine Wunden.« Neben denen am Kopf hatte sie sieben oder acht weitere gezählt. Er mußte sich vorkommen, als ob er gegen Drachen gekämpft hätte.

»Urrrmmm«, machte der Minotaurus. Jedenfalls glaubte sie, daß er zu sprechen versucht hatte, aber dann ging sein Auge zu. Sie legte ihm fest die Hand auf die Brust und war merkwürdig erleichtert, daß sie sich noch immer hob und senkte.

Für so viele Wunden hätte sie nicht einmal genug Binden gehabt, wenn sie sich bis auf die Haut entblößt und die Kleider in Streifen gerissen hätte. Immerhin reichte ihr Gewand für die schlimmsten Verletzungen, dann brachte jemand mehr Verbandszeug, um die anderen abzudecken, und schließlich stand jemand, den sie für Tarothin hielt, neben ihr, setzte dem Minotaurus die Spitze eines Stabs – vielleicht auch einer Enterstange – auf die Brust und murmelte einen unverständlichen Gesang.

Was es auch war, das Tarothin getan hatte, dem Minotaurus schien es das Atmen zu erleichtern. Und auch Eskaia atmete auf. Sie schaffte es, nur leicht gestützt von einem Matrosen und dann einem gesplitterten Teil der Reling, aufzustehen. Sie sah, daß sie nur einen Schritt davon entfernt gewesen war, seitlich herunterzufallen, aber das spielte im Augenblick keine große Rolle.

Dann erklangen Schritte hinter ihr, und zwei Hände legten sich auf ihre Schultern. Sie ließ sich umdrehen und sah in die Augen von Jemar dem Schönen.

Sie starrte ihn aus großen Augen an, bis ihr klar war, daß er wirklich da war, daß er kein Hirngespinst war (so wie sie sich vielleicht nur vorgestellt hatte, daß Tarothin den Minotaurus heilte). Einen Augenblick kam es ihr so vor, als ob auch sie geheilt würde, einfach durch Jemars Berührung und Gegenwart – ja, und seine großen, dunklen Augen, die nicht nur ihre Augen und ihr Gesicht, sondern auch den ganzen Rest ihre Körpers zu liebkosen schienen, selbst die geheimsten Stellen.

Sie fragte sich, wieviel eigentlich noch von ihren Kleidern übrig war. Dann dachte sie an überhaupt nichts mehr, als ihr die Sinne schwanden und sie vornüber in Jemars Arme fiel.

Kapitel 7

Schon längst hatte sich über dem Ozean die Dunkelheit ausgebreitet, der dicke Wolken gefolgt waren. Eine frische Brise ließ die Segel anschwellen, aber die Matrosen sagten, daß der Wind nicht nach Sturm roch.

Habbakuks Geschenk segelte wachsam um die *Goldene Tasse* und die *Windschwert* herum. Die anderen drei Schiffe von Jemar behielten unauffällig die abziehenden Minotauren im Auge, die ihre Ehre vollauf wiederhergestellt hatten. Die Überlebenden der drei Besatzungen drängten sich nun wie die Heringe auf dem einen verbliebenen Schiff.

Lady Eskaia dankte Habbakuk für all seine Gaben, die großen und die kleinen. Sie wußte, sie sollte noch dankbarer dafür sein, daß sie am Leben war, die *Goldene Tasse* noch schwamm und in Sicherheit war, und die Minotauren sich auf dem Heimweg befanden, doch angesichts ihrer Erschöpfung überstieg soviel Dankbarkeit oder jedes andere starke Gefühl einfach ihre Kräfte. Jetzt wußte sie, wie es Tarothin gehen mußte, der den ganzen Tag und die halbe Nacht geheilt hatte, und es tröstete sie nicht einmal, daß auch sie selbst nur so müde war, weil sie Leben gerettet hatte.

Wenigstens lag es in ihrer Macht, sich als großzügige Gastgeberin zu erweisen, obwohl sie bei jedem fünften Wort gähnte und ihre Muskeln sich so anfühlten, als hätten Riesenoger Eskaia als Wurfball benutzt. Noch verfügte die *Goldene Tasse* über genügend Proviant und Wein, obwohl sie bald auf halbe Ration gehen mußten. Kurulus war der Meinung, daß dieser Tag eigentlich schon gekommen sei, wenn sie nicht mit trockenen Kehlen und leerem Bauch im Hafen einlaufen wollten.

Einer der drei Jungen, die den Tag so heil überstanden hatten, daß sie stehen und bedienen konnten, brachte einen neuen Krug Wein. Eskaia machte sich ans Einschenken. Jemar hielt den Becher hoch, Kurulus legte über seinen die Hand und Tarothin starrte Eskaia nur verständnislos an, als vollziehe sie ein Ritual aus einem Kult, der ihm unbekannt war.

Die Entscheidung, was als nächstes kam, lag in ihrer aller Hand. Vorläufig hatte Kurulus den Befehl über das Schiff, und wenn der verwundete Kapitän nicht in zwei Tagen wieder an Deck war, würde Kurulus die Befehlsgewalt nach Recht und Gesetz behalten. Tarothin würde vielleicht wochenlang nicht mehr zaubern können, aber was er über Magie wußte, würde ihnen womöglich dennoch weiterhin sehr nützlich sein. Und Jemar …

Jemar wirkte genau wie zuvor, und er hatte praktisch seit dem Tag, als Eskaia ihn kennengelernt hatte, wie der geborene Sieger gewirkt. Zudem war er so charmant und freundlich, wie es geborenen Siegern selten und Seebarbaren nahezu niemals zugeschrieben wird.

»Von den Minotauren haben wir nichts mehr zu befürchten«, sagte Jemar, während er eine Wurst aus der Schüssel auf dem Tisch aufspießte. Die Wurst stammte aus Eskaias persönlichen Vorräten, aber der Rest des Mahls bestand aus getrockneten Kartoffeln und Gemüse und einem Kuchen aus Marmelade und Mehl – alles Sachen, die verbraucht werden mußten, bevor die Käfer sie davonschleppten. Immerhin hatten sie starken Wein. Eskaia hatte bestimmt nicht mehr als zwei Becher getrunken, aber ihr schwirrte der Kopf, als ob es mindestens drei gewesen wären.

Am besten nichts mehr trinken, bis wir entschieden haben, was jetzt geschehen soll, beschloß sie. Oder eher, bis ich die anderen überzeugt habe, daß das getan wird, was ich wünsche.

Kurulus grunzte. Offenbar war er zu erschöpft, um zu sprechen, aber sein Grunzen hörte sich sehr zweifelnd an.

Tarothin schüttelte den Kopf. »Jemar hat recht, und das ist vor allem Euch zu verdanken, Herrin.«

»Wie das?«

»Dieser Minotaurus, den ihr nicht über Bord geworfen habt – das war der Sohn von Jheegair, einem der beiden Anführer unserer ehrgeizigen Freunde. Das heißt, es *waren* mal zwei Anführer. Jheegairs ... Kollege ... ist so schwer verwundet, daß er den Befehl abgeben mußte, so daß jetzt alle Jheegair folgen. Der steht nicht nur in unserer Schuld, weil wir ehrenvoll gekämpft und ihn besiegt haben. Er schuldet uns darüber hinaus noch etwas für seinen Sohn. Ich bin sicher, daß weder er noch einer seiner Gefolgsleute zurückkommen werden. Darüber hinaus würde ich mein zweitbestes Zauberbuch darauf verwetten, daß er allen Minotauren erzählt, keiner sollte die *Goldene Tasse* angreifen, wenn er nicht genauso hart kämpfen will wie gegen Angehörige seines eigenen Volkes.«

Kurulus' Gemurmel deutete an, daß Tarothin leicht sein Zauberbuch aufs Spiel setzen konnte, aber daß er und die Mannschaft ihr Leben aufs Spiel setzen würden, wenn sie die *Goldene Tasse* ungeschützt zurückließen.

Jemar runzelte die Stirn. »Ich kann ein Schiff bei euch lassen, bis ihr wieder notdürftig aufgetakelt seid und nach Istar zurücksegeln könnt. Dann habe ich allerdings nur noch drei Schiffe, und die sind knapp besetzt, was nicht gerade ein großes Aufgebot ist, wenn man Synsagas Schlupfwinkel ...«

»Bisher hat ein kleines Aufgebot auch gereicht, oder habt ihr vergessen, wen wir nach Süden geschickt haben?« fauchte Eskaia. »Pirvan, Haimya und ein Drache, der gerade erst den Kinderschuhen entwachsen ist, stellen sich gerade Synsaga, Magiern, Zauberkräften, Hunger, Krankheit ...«

Ihr ging die Luft aus, bevor sie die Liste der Gefahren beendet hatte, denen ihre Freunde ausgesetzt waren, und sie trank den halben Becher leer, um ihre Kehle zu befeuchten.

Der Wein war wirklich stark; sie brauchte einen Moment, bis sie wieder klar sehen konnte, nachdem der Wein sich wie Feuer in ihrem Körper ausgebreitet hatte. Sie dachte, daß Jemar so aussah, als ob er sie gleich in die Arme schließen würde – und sie wappnete sich innerlich bereits dagegen, denn diese Arme kamen ihr so stark und einladend vor, und wenn sie nicht …

Eskaia stand auf und stemmte beide Hände auf den Tisch, bis ihre Fingernägel in das Holz eindrangen. »Jemar, es ist nicht nötig, unsere Kräfte aufzuspalten. Die *Goldene Tasse* können wir Habbakuks Gnade überlassen …«

Kurulus sprang so unbeherrscht auf, daß der Tisch wackelte und sein Stuhl nach hinten umkippte. »Herrin, dieses Schiff …«

»… gehört dem Hause Encuintras, nicht dir oder dem Kapitän. Rechtlich betrachtet bin ich hier die älteste Vertreterin des Hauses Encuintras. Nach Gesetz und Familientradition darf ich über jeden Teil des Vermögens des Hauses Encuintras verfügen, solange dafür ein fairer Preis erzielt und in die Bücher des Hauses eingetragen wird, oder solange dies anderweitig den Interessen des Hauses dient. Ich bin der Ansicht, daß das Aufgeben der *Goldenen Tasse* durchaus den Interessen des Hauses Encuintras dient. Schiffe sind ersetzbar, Kurulus. Mit guten Männern verhält es sich anders. Du und Grimsor, der Kapitän, die Jungs, die Verwundeten – das sind lauter gute Männer.«

Kurulus setzte sich wieder. Er brachte keinen Ton mehr heraus. Nachdem sie sicher war, daß er ruhig bleiben würde, drehte Eskaia sich zu Jemar um. »Ich habe vor Euch und vor anderen gesagt, daß Ihr ein feiner, galanter Kapitän seid. Jetzt schwöre ich bei Paladin und Habbakuk ebenso wie im Namen von Drigan Encuintras, dem Gründer unseres Hauses, und …«, sie schluckte, »… bei all meiner Ehre …« Sie holte tief Luft. »Ich schwöre, wenn Ihr, Jemar, den man den Schönen nennt, uns alle an Bord Eurer Schiffe nehmt und mit uns nach Süden segelt, um unsere Kameraden zu retten, werde ich, Eskaia aus dem Hause Encuintras, Euch meine Hand zur Ehe reichen.«

Haimya bezweifelte, daß sie an Lungenfieber erkrankt war. Sie konnte atmen wie immer, manchmal kam es ihr sogar so vor, als bekäme sie soviel Luft, daß ihr davon der Kopf leicht wurde. Das konnte jedoch von einem anderen Fieber kommen, und sie spürte in jedem Fall die Gelenkschmerzen und das innere Unwohlsein, mit dem eine Krankheit sich ankündigte.

Zu Fuß hätte sie die Reise zu Fustiars Turm nicht so leicht geschafft, oder sie wäre zumindest bei ihrer Ankunft nicht kampfbereit gewesen. Als sie von Hipparans Rücken stieg, wußte sie, daß sie dem Drachen soviel schuldete, wie es überhaupt nur menschenmöglich war. Sie konnte sich nicht vorstellen, wie sie diese Schuld begleichen sollte.

»Ach, das fällt dir schon noch ein, ganz bestimmt«, flüsterte Hipparan ihr ins Ohr. Der Drache hatte gelernt, seine Stimme zu beherrschen, so daß er, wenn er es wollte, nicht mehr Lärm machte als ein schnurrendes Kätzchen.

Haimya unterdrückte ihr Aufbegehren dagegen, daß er ihre Gedanken las, und erwiderte ohne Worte: *Wenn du meine Gedanken hören kannst, weißt du auch, daß ich während des Fluges weniger dankbar war.*

»Das weiß ich«, sagte Hipparan. »Alles, was ich tun konnte, war, nicht zu lachen, obwohl es für euch wahrscheinlich weniger lustig war.«

»Sehr richtig«, sagte Haimya kurz angebunden. Hipparan hatte einen langen, vielfach gewundenen Kurs zum Turm gewählt, bei dem sie sich auf alle drei Meilen, die sie näher kamen, wieder zwei Meilen entfernten. Er flog so langsam er konnte, wenn er in der Luft bleiben wollte. Nur manchmal sank er auf Höhe der Baumwipfel und wurde schneller, je tiefer er kam.

Mitunter war er sogar unterhalb der Baumwipfel geflogen, wenn Schluchten oder offenes Land vor ihm lagen. Haimya erinnerte sich an eine Stelle, wo nachtaktive Affen den Drachen und seine Reiter mit leuchtenden Augen angestarrt hatten. Die Affen blieben zum Glück still, vielleicht weil sie so erstaunt waren über den Wahnsinn, den sie sahen, daß sie keinen Ton herausbrachten.

Immerhin hatte der Flug bewiesen, daß es um Haimyas innerliches Unwohlsein noch nicht zu schlimm bestellt sein konnte. Sie mußte nicht auf die Knie fallen und ihren Magen entleeren, als Hipparan gelandet war. Sie wünschte sich nur, sie hätte es gekonnt.

Pirvan hielt respektvoll Abstand, bis der Würgereiz vorüber war, dann reichte er ihr eine Wasserflasche. Der Rest des Quellwassers floß frisch und immer noch kühl ihre Kehle hinab, und Kopf und Magen beruhigten sich. Sie klopfte auf Hipparans Hals und warf sich dann zur Seite, als der Drache mit einem Sprung abhob.

Wenn ihr mich zurückkommen seht, bevor ihr Gerik gefunden habt, ist etwas schiefgegangen. Ansonsten ist es das beste, wenn ich es vermeide, den schwarzen Drachen zu provozieren, gab er ihnen wortlos zu verstehen.

Haimya wünschte eher, daß sie und Pirvan sich ebenso schnell vom Ort der Gefahr entfernen könnten. Aber zwei Menschen, die in den Turm seines Meisters eindrangen, konnten von keinem Drachen Gnade erwarten. In diesem Fall bestand ihre größte Hoffnung darin, den Schwarzen zu überzeugen, daß Hipparan sie rächen würde, wenn er ihnen etwas antat, und daß sie nicht die Absicht hatten, Fustiar oder seiner Arbeit zu schaden.

Ersteres war die volle Wahrheit. Letzteres *konnte* die Wahrheit sein. Sie brauchten Fustiars Arbeit nicht zunichte zu machen, wenn sie auch ohne dies herausfanden, womit er sich beschäftigte, und Gerik befreien konnten. Was andere mit ihrem Wissen über Fustiars Taten anstellen würden, lag nicht in ihrer Hand.

Mit Gerik jedoch war es etwas anderes. Entweder würden sie ihn heute nacht mitnehmen, oder sie würden erfahren, weshalb dies unmöglich war, und zwar aus seinem eigenen Mund. Selbst wenn er Synsaga einen Eid geleistet hatte, war es vielleicht die Art Eid, die als gezwungen angesehen werden konnte, die also nicht mehr gelten und nicht bestraft werden würde, wenn er erst wieder in Istar war, frei von Gefahren und Härten …

»Zeit zum Aufbruch«, sagte Pirvan. Haimya nickte und schulterte ihr Gepäck. War es reine Einbildung, oder war die Last leichter geworden? Als sie zur Probe ihr Schwert zog, schien es in ihrer Hand zu fliegen. Auch der Boden war fester geworden, oder sie konnte inzwischen auf Schlamm laufen wie ein Wasserläufer auf einem Teich …

Als erster reagierte Tarothin auf Eskaias Ankündigung. Er stand auf, legte eine Hand auf den Tisch, um sich abzustützen, dann verdrehte er plötzlich die Augen und kippte vornüber. Sein Fall warf seinen Weinbecher um, und er endete mit der Nase in seinem Teller.

Es folgten einige lebhafte Minuten, während derer sich die anderen drei in der Kabine bemühten, den Heiler zu heilen oder wenigstens wieder zu sich zu bringen. Sie wollten auf gar keinen Fall, daß sich dieser Schwächeanfall auf der ganzen *Goldenen Tasse*, geschweige denn auf Jemars Schiffen herumsprach.

»Ich kann mir vorstellen, daß meine Leute Euren Wunsch erfüllen, wenn wir einen Zauberer haben, der sich Synsagas Magier entgegenstellen kann«, sagte Jemar. »Wenn sie das nicht glauben, könnte ich sie wohl nicht einmal überreden, wenn ich jedem Mann eine so schöne Frau anböte, wie Ihr es seid, und jeder Frau einen Mann …«

»… Eurer Klasse«, brachte Eskaia seinen Satz zu Ende. Das hatte die erwünschte Wirkung. Jemar war sprachlos und lief sogar rot an, bis er fast so dunkel war wie ein normaler Seebarbar.

Durch Eskaias und Kurulus' Bemühungen kam Tarothin wieder zu sich, noch ehe Jemar seine Sprache wiedergefunden hatte. Der Zauberer setzte sich auf, zupfte ein Stück Karotte aus seinem Bart und betrachtete die anderen mit einem schwer zu beschreibenden Ausdruck in seinem runden Gesicht. Überraschung, Belustigung und Bestürzung schienen ungefähr zu gleichen Teilen darin vertreten zu sein.

Als er sprach, spiegelte seine Stimme dieselben Gefühle wider. »Herrin, das ist nicht wohlgetan. Was wird Euer Vater dazu sagen?«

»Mein Vater ist nicht hier«, erwiderte Eskaia. »Aber ich. Und Jemar. Genau wie die Schiffe und die Männer, die nach Süden segeln müssen, um unsere Kameraden zu retten oder … oder sie ohne Not im Stich zu lassen.«

»Lady Eskaia, vielleicht schaffen die drei es ganz gut allein«, sagte Jemar. »Ich kenne mich mit Drachen nicht so gut aus wie unser freundlicher Zauberer hier, aber Pirvan und Haimya scheinen doch ungewöhnlich schlau und stark zu sein.«

Eskaias Blick ließ Jemar die Augen abwenden. »Mein lieber Häuptling«, sagte sie mit brüchigem Eis in der Stimme. »Ich hoffe, diese fortwährenden Einwände bedeuten nicht, daß Ihr mein Angebot zurückweist.«

Langes Schweigen schloß sich an ihre Wort an. Tarothin starrte an die Decke und bewegte lautlos die Lippen. Kurulus hielt sich bereit, ihn niederzuschlagen, falls er nach seinem Stab griff und mit einem Zauber begann, aber keine Magie umhüllte die Anwesenden.

»Ich habe gebetet«, sagte der Zauberer schließlich. »Mehr wie ein Kleriker denn wie ein Zauberer. Ich konnte in mir keine Regung spüren, diesem … so persönlichen Angebot der Dame meinen Segen zu geben. Aus einem so unbedeutenden …«

»Es ist kein unbedeutender Anlaß«, unterbrach Jemar, dessen Stimme nun ebenso kalt war wie die von Eskaia. Er hielt Tarothins Blick einen Moment fest, bis der Zauberer wegsah. »Er ist gefährlich, aber nicht unbedeutend, und dazu höchst ehrenwert.«

Und dann sagte er: »Lady Eskaia, ich nehme Euer Angebot an.«

»Aber … der Segen … das Gesetz …«, stammelte Tarothin.

»Dem Gesetz ist Genüge getan, da ich erwachsen bin«, sagte Eskaia. »Mit meines Vaters Zustimmung hätte ich schon mit fünfzehn heiraten dürfen, ohne sie seit letztem Jahr. Und was den Segen angeht – ich kann mir nicht vorstellen, daß es auf fünf Seebarbarenschiffen keinen einzigen Kleriker geben soll. Wer ist euer Priester des Habbakuk?«

»Es ist eine Priesterin«, sagte Jemar. »Ich bin sicher, daß sie keine großen Einwände erheben wird, wenn wir ihr glaubhaft machen, daß es um eine freie, rechtmäßige Übereinkunft zwischen zwei Menschen geht.«

»Und bis wir unsere Freunde gerettet haben, sieht vielleicht auch Tarothin die Sache ganz anders«, fügte Eskaia hinzu.

Wieder starrten alle sie an. Sie lachte. »Jemar – wir heiraten erst, wenn unsere Freunde gerettet sind oder ich über ihr Schicksal Bescheid weiß. Ich verlange nicht, daß wir Erfolg haben, sondern nur, daß wir es versuchen.«

Jemar schien es wieder die Sprache verschlagen zu haben.

»Jemar, ich würde Euch nicht in Versuchung führen, die Katze im Sack zu kaufen. Und was Verrat angeht – wer Ihr auch seid, Ihr seid nicht ein solcher Narr, daß Ihr etwas tun würdet, was den Zorn des Hauses Encuintras, all seiner

Freunde und vielleicht sogar von Synsaga selbst über Euch bringen würde. Eure eigenen Leute hätten Euch längst mit Fußschellen über Bord geworfen, wenn Ihr ein solcher Narr wärt. Deshalb vertraue ich Euch.«

Jemar brach in lautes Gelächter aus. Als er wieder zu Atem kam, schüttelte er den Kopf. »Lady Eskaia, fließt vielleicht etwas Seebarbarenblut durch die Adern derer vom Hause Encuintras? Ihr kennt uns, als wärt Ihr bei uns aufgewachsen.«

»Es ist erst drei Generationen her, seit wir auf unseren eigenen Schiffen in die Welt hinausgesegelt sind«, sagte Eskaia. »Und selbst einige unserer derzeitigen höchsten Offiziere haben sich im Vorkastell die ersten Sporen verdient. Daher sind die See und die, die auf ihr reisen, kein Buch mit sieben Siegeln für uns. Ganz und gar nicht.«

Sie riefen Grimsor Einauge, der Tarothin ins Bett bringen sollte, denn sie vertrauten seiner Kraft ebenso wie seiner Verschwiegenheit. Jemar gab Eskaia als Verlobungsgeschenk eine schwarze Perle aus dem Band, das um seinen linken Unterarm geschlungen war.

Dann setzten sie sich wieder, um den Wein auszutrinken und Pläne für die Reise nach Süden zu schmieden.

Ab der Stelle, an der Hipparan sie abgesetzt hatte, hatten Pirvan und Haimya einen leichten Weg zu der Burgruine. Zwei sichtbare Monde zogen über den Nachthimmel, und die löchrige Wolkendecke ließ viel von ihrem Licht durch. Zudem war der Turm sehr hoch, und der blaue Schein, der von seinem Fuß ausging, war ein Zeichen, dem auch ein Einäugiger hätte folgen können.

Pirvan glaubte, einen Windhauch zu spüren, der kälter war, als daß er aus dem Dschungel kommen konnte. Er kam vom Turm her. Allerdings waren sie auf ihrem Weg zur Burg aus den stinkenden, dampfenden Niederungen heraufgeklettert. Vielleicht hatte Pirvan nur einen Bergwind gespürt und nach so langer Zeit im Dschungel vergessen, wie Kälte sich wirklich anfühlte.

Vielleicht aber auch nicht. Es erleichterte ihnen das Vorwärtskommen, daß der Postengürtel um die Burg spärlicher besetzt war als erwartet. Ein Lager wirkte praktisch verlassen, und in der Bewachungslinie klafften so große Lücken, daß ein ganzer Trupp Ritter hätte hindurchreiten können.

Die Nachlässigkeit der Wachen war für Pirvan eine ziemliche Erleichterung. Er würde wohl noch einmal imstande sein, seinen Zauberspruch anzuwenden, aber nicht für lange Zeit. Wenn sie den Turm erreichen konnten, ohne darauf zurückzugreifen, würde er dankbar sein.

»Heute morgen hätten wir mehr von dieser Nachlässigkeit brauchen können«, flüsterte Haimya.

»Laß uns nicht frohlocken, ehe wir den Grund für ihre Nachlässigkeit kennen«, erinnerte Pirvan sie.

»Angst vor dem Zauberer?«

Pirvan zuckte mit den Schultern.

»Dann bin ich still. Ich halte aber trotzdem nicht an.«

Der Dieb berührte ihre Wange. Sie erschien ihm heißer als gewöhnlich, aber nicht heiß genug, daß eine so dumme Bemerkung mit dem Fieber entschuldigt werden konnte. Er hoffte, daß Haimya bloß eine Krankheit hatte, die geheilt werden konnte, und nicht irgendein Wesen aus dem Dschungel beherbergte, das sie von innen verzehrte.

Hoffen war so sinnlos wie Anhalten. Sie liefen weiter. Gegenwärtig befanden sie sich am Fuß der Burgmauer.

»Weiter rechts entlang ist ein Teil eingestürzt«, sagte Pirvan, »aber der ist bestimmt bewacht. Außerdem können wir von den intakten Mauern das ganze Innere auf einen Blick sehen.«

»Warum fragst du nicht einfach, ob ich klettern kann?« fauchte Haimya.

»Das hatte ich vorausgesetzt«, sagte Pirvan. »Wenn du nicht …«

Haimya schüttelte den Kopf. »Ich glaube, ich kann.«

»Wenn du runterfällst, weil du dich überanstrengt hast, spucke ich auf dein Grab«, scherzte Pirvan und kniff sie leicht in die Schulter. »Auf zu einem gesunden kleinen Nachtwerk.«

Haimya klang nicht gerade gesund, als sie schließlich auf den Zinnen standen, aber ihr Atem ging leichter, und noch ehe Pirvan ihre Ausrüstung heraufgezogen hatte, war die Blässe aus ihrem Gesicht gewichen. Sie drehten sich um und sahen sich die Burg an.

Der blaue Schein flackerte nicht mehr aus dem Fuß des Turms, aber ein Lagerfeuer zeigte ihnen einen Wachtrupp an einem Tor auf der anderen Seite des Hofes. Die Wand zur Rechten war größtenteils eingestürzt, und am anderen Ende erblickten sie einen gewaltigen, dunklen Umriß. »Der Drache?« flüsterte Haimya.

Pirvans Nachtblick durchdrang die Finsternis, und er schüttelte den Kopf. »Zu groß. Eher sein nördlicher Hort. Du weißt doch, Hipparan sagte, er hätte zwei.«

Im nächsten Augenblick bestätigte ein Umschlagen des Nachtwinds seine Vermutung. »Entweder eine Drachenhöhle oder ein Schlachthof«, fügte Pirvan hinzu, als er nicht mehr würgen mußte. »Aber kein Drache, sonst hätte Hipparan das wohl erwähnt.«

»Außer, er hat sich so gefürchtet wie ich jetzt, und hat es vergessen«, sagte Haimya.

»Ich hoffe, du und Gerik, ihr werdet eine große Kinderschar haben, der ihr dann wahren Mut beibringen könnt«, sagte Pirvan.

Sie sah ihn verdutzt an.

»Wahrer Mut«, erklärte er, »heißt, daß man weitergeht, sobald man das ganze Ausmaß der Gefahr kennt. Alles andere ist Unwissenheit oder Torheit. Bring es deinen Kindern bei oder vererb es ihnen. Die Welt braucht wahren Mut.«

Er hatte vorgehabt, ihr eine Sorge abzunehmen, indem er

ihr versicherte, daß er sich nicht zwischen sie und Gerik drängen würde, wenn sie verlobt bleiben wollten. Jetzt fragte er sich, ob er die rechte Zeit, den rechten Ort und die rechten Worte gewählt hatte. Vielleicht verwirrte dieser unheimliche Ort seinen Verstand oder verdrehte ihm die Zunge.

»Um Kinder werde ich mir Gedanken machen, wenn ich weiß, wer ihr Vater sein soll«, erwiderte Haimya, und nun war Pirvan derjenige, der stumm dastand. Bevor er seine Sprache wiederfand, hatte Haimya schon das Seil eingeholt und stieg über den inneren Rand der Mauer.

Gerik Ginfrayson saß nicht nur der Wärme wegen gern am Feuer. Die Hälfte der anderen Anwesenden waren stumme Soldatensklaven aus Fustiars Garde. Möglich, daß sie ihn nicht mochten, aber sie ließen zumindest keine verschlagenen Bemerkungen fallen oder beleidigten ihn offen, damit er seine Waffe zog. Sie konnten ihn nur töten, und bisher schienen sie ihren Zaubermeister zu sehr zu fürchten, um das zu tun.

Darüber hinaus hielt das Feuer die Finsternis in Schach, und der Rauch des feuchten Holzes tat mit den Insekten dasselbe. Es bekämpfte sogar den Gestank der selten gesäuberten Abfallgruben und der Drachenhöhle – die heute glücklicherweise unbewohnt war.

Das beste war, daß das Feuer schön weit vom Eingang zum Turm entfernt lag, der jetzt von einem Wesen bewacht wurde, das mit einem knappen Dutzend Rassen verwandt sein mochte, aber anscheinend zu keiner wirklich gehörte. Und dabei war seine Erscheinung – vielleicht im Aufbegehren gegen die Götter geschaffen – noch nicht einmal das Beunruhigendste an ihm.

Er war mit einem Frostsplitterer bewaffnet. Soweit Gerik wußte, hatte Fustiar zwei geschaffen, die gehalten hatten. Sie waren vielleicht etwas kleiner als echte Frostsplitterer, aber ansonsten genauso mächtig. Sie schienen selbst gegen die

Hitze des Feuers immun zu sein, ganz zu schweigen von der Hitze des Dschungels. Und Gerik hatte persönlich mit angesehen, wie beide einen Menschenkörper mit einem einzigen Schlag in zwei Teile gespalten hatten.

Er hätte jede Wette auf das Wache haltende Wesen und seine Frostsplitterer abgegeben, außer vielleicht, wenn der Gegner ein Drache war. Er wäre sogar bereit gewesen, diesem Gefecht aus sicherer Entfernung zuzusehen. Er war allerdings nicht bereit, sich diesem sieben Fuß großen Posten mit seiner sechs Fuß großen Axt gelassen zu nähern, außer auf Fustiars ausdrücklichen Befehl hin. Aber seit einigen Nächten hatte sich Fustiar so mit Wein vollaufen lassen, daß er weder Gerik noch sonst irgend jemand etwas befehlen konnte.

Gerik hoffte, der Magier würde sein Weingelage heute nacht beenden. Vielleicht nicht bevor der Drache zurückkam, aber zumindest noch bevor der Drache erwachte und nach Befehlen fragte. Etwas machte dem Tier zu schaffen, machte es so unberechenbar, daß es bereits einen von den Stummen getötet und einen anderen in einem Anfall wortloser Tobsucht verkrüppelt hatte. Der Schwarze schien die Sprache der Menschen gut zu beherrschen, aber er hatte kein Wort der Erklärung darüber abgegeben, was ihn so beunruhigte.

Was die Sache für Gerik nicht leichter machte. Ihm war inzwischen alles gleichgültig, was er über den Kratergolf erfahren konnte. Er wollte mit dem fliehen, was er bereits wußte, und ein räuberischer Drache, den nicht einmal mehr ein böser Zauberer beherrschte, stellte für einen Fluchtwilligen ein unüberwindliches Hindernis dar.

In diesem Augenblick hallte das minotaurenähnliche Gebrüll des Wache haltenden Wesens durch die Mauern und rief jedermann kampfbereit auf die Beine.

Haimya war ebenso überrascht wie Pirvan, als sie sah, daß die Treppe zum Turm offensichtlich unbewacht war. Sie stießen auch nicht auf magische Schutzvorkehrungen, als sie das achtzig Fuß hohe, alte Steingebäude erreichten. Die Schatten verbargen sie vor zufälligen Blicken und fast auch voreinander.

Die Leibwächterin fühlte sich inzwischen, als ob sie einen heißen Stein im Hals hätte. Sie konnte gut atmen, aber nur schwer schlucken. Dazu tat ihr alles weh; vor allem die Gelenke schmerzten bei jedem Schritt. Viel schlimmer war, daß sie für Pirvan mehr Hindernis als Hilfe sein würde, und sie mußte darauf vertrauen, daß er mit Gerik gerecht umsprang …

Nein, sie vertraute Pirvan. Er war nicht das Problem. Ihre und Geriks Zweifel waren das Problem. Deshalb mußte sie weitergehen – und wenn sie ihren letzten Atemzug brauchte, um die Sache mit ihrem Verlobten zu klären, nun, sei's drum. Ihre Seele würde in Frieden ruhen, sein Gewissen wäre rein, und Pirvan …

Da trat die menschenähnliche Gestalt unter der Treppe hervor und richtete sich zu voller Größe auf. Sieben Fuß oder mehr, die Statur und Gestalt eines Ogers, aber ein Bart mehr wie ein Zwerg, Kleider aller möglichen Rassen, und in den Händen …

Haimya schluckte. Sie hatte noch nie einen Frostsplitterer gesehen, aber kein Söldner, der es so weit gebracht hatte wie sie, versäumte es, sich Geschichten über jede Waffe anzuhören, der er begegnen konnte. Söldner zogen manchmal weit in den Süden, deshalb waren Berichte über Frostsplitterer nicht selten.

Der Kopf der Axt war kleiner, als sie erwartet hatte, aber der bläuliche Schein paßte genau auf die Beschreibung, und der Griff war länger, als Haimya groß war. In den Händen von diesem … Geschöpf, das von Fustiar stammen mußte oder von einem so irrsinnigen Gott, daß sein Name nicht einmal von den Dienern der Königin der Finsternis ausgesprochen wurde ... in diesen gewaltigen vierfingrigen Händen würde der Frostsplitterer eine schreckliche Waffe sein.

Was es um so wichtiger machte, mit dieser Wache, anscheinend der einzigen am Turm, fertigzuwerden, bevor sie das Lager warnen konnte. Dann würde vielleicht Gerik kommen; ganz gewiß aber würden Bewaffnete kommen, an deren Treue zu Fustiar kein Zweifel bestand.

»Einer von uns eilt die Treppe hoch, der andere wartet, bis unser Freund ihm folgt«, schlug Pirvan vor.

»Solange der obere nicht zu hoch ist, kann er immer noch springen. Der Kerl hier sieht so aus, als ob er einen Fall gut überstünde.«

Das bedeutete, daß sie das Wesen zwischen sich nehmen würden, aber wenn es nicht auch hinten Augen oder eine zweite Waffe besaß, hatte eine solche Situation ihre Vorteile. Haimya betete kurz, daß der Schöpfer dieses Wesens, wer es auch war, die Intelligenz weggelassen hatte, dann zog sie ihr Schwert.

»Mal sehen, wer hochgeht.« Sie legte ihre Hand auf halber Höhe um die Klinge, Pirvan legte seine Hand über ihre, und so machten sie weiter. Es war Pirvan, dessen Hand schließlich oben in der Luft hing.

»Tut mir leid. Es ist immer von Vorteil, wenn man bei so was sein eigenes Schwert verwendet«, sagte Haimya.

Der Bogen, den sie dem ersten Wachposten abgenommen hatten, hatte eine fast trockene Sehne und sechs Pfeile, die wahrscheinlich treffen würden, jedenfalls ein Ziel von der Größe des Axtschwingers. Haimya nahm Pfeil und Bogen zusätzlich zu ihrem Schwert und flüsterte Pirvan einen letzten Vorschlag zu: »Wenn Gerik vor mir raufkommt, wartet nicht. Ich kann die Verfolger mit den letzten Pfeilen von oben abschrecken und dann über die andere Seite des Turms verschwinden.«

Dazu gehörten einige Mutmaßungen über die Verfassung

ihrer Gegner, die Pirvan nicht teilte. Doch es war nicht der richtige Zeitpunkt, Fragen zur Philosophie des Kämpfens zu erörtern.

Haimya hängte sich den Bogen um, hockte sich wie ein Läufer hin und rannte dann auf die Treppe zu. Pirvan war anfangs nur zwei Schritte hinter ihr, dann ließ er die Entfernung größer werden.

Als Haimya die Treppe erreichte, warf die Kreatur den Kopf zurück und schrie auf. Der Laut schien direkt bis zu den Monden zu gellen und hallte durch den Burghof und von den Steinen wider wie der Schrei eines Minotaurus, der aufgespießt oder bei lebendigem Leibe verbrannt wird.

Dann ließ Pirvan sich zurückfallen und zog den Dolch, als das Wesen um die Treppe herumgetrampelt kam. Das Licht spiegelte sich im Frostsplitterer wider – oder leuchtete er aus eigener Kraft? –, dann hob das Wesen ihn über den Kopf und griff Pirvan an.

Kapitel 8

Haimya rannte die Treppe genauso schnell hoch, wie Pirvan über den Boden lief. Das war allerdings keine so bemerkenswerte Leistung, da Pirvan nicht so schnell lief, wie er konnte. Ein paar Schritte reichten aus, um ihn wissen zu lassen, daß der Axtschwinger in seinen Bewegungen etwas schwerfällig war. Wenn Pirvan alles gab, konnte er das Wesen leicht so weit hinter sich lassen, daß es die Verfolgung abbrach und Haimya die Treppe hinauf nachlief.

Dann geriet der Plan, es zwischen ihnen beiden zu fangen, ins Wanken. Und auf diesem Plan beruhte ihre beste Chance, es auszuschalten, bevor der Rest der Wachen zum Turm gerannt kam oder Fustiar aus seiner Trunkenheit erwachte, um sie durch Magie zu zerschmettern. Wenn ihr Plan fehlschlug, wäre das eine üble Sache.

Pirvan rannte um die Treppe herum und duckte sich zwischen den Pfosten hindurch. Er hoffte, das Wesen würde ungebremst gegen diese roh behauenen Baumstämme rennen und sich damit selbst bewußtlos schlagen, ohne gleich die Treppe mitzureißen.

Das Wesen war weder so schnell noch so hirnlos. Rechtzeitig vor dem Zusammenstoß bremste es ab, lief zur Treppe zurück und begann hochzusteigen.

Zum Glück blieb zwischen den Stufen reichlich Platz für einen geschickten Dolchstoß. Pirvan mußte sich nicht einmal besonders verrenken, um das Wesen seinen Dolch in den Fuß zu rammen.

Sein Problem bestand darin, die Kreatur so zu verwunden, daß sie ihm Beachtung schenkte. Dreimal mußte er zustechen, bevor sie überhaupt aus dem Tritt kam. Erst der vierte Stoß, der dem Wesen fast eine Zeh abschnitt, brachte ihm eine nennenswerte Wunde bei. Das Wesen sprang von der Treppe und schwang den Frostsplitterer. Es ging in die Knie, wobei es fast seine Waffe fallenließ, griff jedoch wieder fest zu, ehe Pirvan näherkommen und nach ihr greifen konnte. Dann sprang es auf die Beine, drehte sich schwerfällig einmal um die eigene Achse und schlug kraftvoll nach dem Dieb.

Der Hieb verpaßte Pirvan nur um Haaresbreite; er spürte den Luftzug an seiner Wange. Dann sprang er zugleich seitwärts und zurück und stach dabei fest nach dem vorderen Arm des Wesens. Nur die Spitze traf, aber die Kreatur hielt einen Moment inne, um umzugreifen.

In diesem Augenblick zischte von oben ein Pfeil herab und traf das Wesen in den Hals. Der Pfeil drang tiefer ein als Pirvans Dolch, denn am Hals war die Haut dünner als an den ledrigen Fußsohlen. Er durchstach die haarige Haut und traf tatsächlich eine Ader.

Das Wesen schwang mit einer Hand wild den Frostsplitterer und umklammerte mit der anderen seinen Hals. Es wankte und krümmte sich, fiel aber nicht. Statt dessen stürzte es wieder die Treppe hoch, wobei es zwei Stufen auf einmal nahm. Jetzt war es zu schnell, als daß Pirvan es aus der Deckung der Treppe heraus hätte behindern können. Er ließ ihm ein paar Schritte Vorsprung und folgte außerhalb der Reichweite der riesigen Axt.

Er versuchte, diese sichere Distanz zu halten und gleichzeitig nahe genug zu bleiben, um zuzuschlagen, wenn das Wesen stolperte. Es mußte Schmerzen haben und schwächer werden, aber es machte keine Anstalten, zu stolpern oder auch nur langsamer zu werden. Auch schien es gar nicht mehr zu wissen, daß etwas Gefährliches hinter ihm sein könnte. Seine ganze Blutgier richtete sich ausschließlich auf Haimya, die es verwundet hatte. Der Rest der Welt interessierte es nicht, bis es mit Haimya abgerechnet hatte.

Pirvans Erfahrung nach hielten Kämpfer, die vergaßen, auf ihren Rücken zu achten, gegen erfahrene Gegner häufig nicht sehr lange durch. Dennoch konnten rohe Gewalt und Geschwindigkeit Schlauheit und Wachsamkeit durchaus einmal ersetzen. Bei dieser Kreatur mit dem Frostsplitterer traf dies jedenfalls zu.

Pirvan hatte sich gefragt, warum Fustiar den Frostsplitterer einem so gewaltigen, aber unerfahrenen Gegner in die Hände gelegt hatte. Jetzt verstand er, daß das Wesen vielleicht mit einigen angeborenen Fähigkeiten erschaffen worden war.

Das erhöhte Pirvans Respekt vor den Kräften des Magiers, was kein angenehmer Gedanke war. Auch löste diese Einsicht keineswegs den Kampf, in dem er gerade steckte.

Haimya war fast am oberen Ende der Treppe. Sie wartete in der geduckten Haltung, die verriet, daß sie sprungbereit war. Ihre Krankheit schien ihrer Schnelligkeit wenig geschadet zu haben. Pirvan hoffte, daß ihre Behendigkeit sich genauso gut gehalten hatte. Haimya würde auf unebenem Gelände aufkommen, von viel zu weit oben, um den Sprung unverletzt zu überstehen. Dabei war noch nicht einmal eine schwere Verletzung nötig, um sie zu einer leichten Beute für das Wesen oder die Menschenwachen zu machen, die bald zum Turm rennen würden.

Pirvan kam der Gedanke, daß der Versuch, zuviel auf einmal zu schaffen, ihn und Haimya nun doch noch um den Vorteil des Überraschungsmoments gebracht hatte, praktisch das einzige, was zwei Menschen einer kleinen Armee entgegensetzen konnten, um zu überleben. Wenn sie mit Pauken und Trompeten anmarschiert wären, hätten sie vielleicht nichts über Fustiar erfahren, aber sie hätten wohl bessere Aussichten gehabt, Gerik Ginfrayson zu sehen und mit ihm zu reden.

Das Wohlwollen der Herren von Istar gegenüber den Brüdern und Schwestern des Nachtwerks war Haimyas Leben nicht wert – und Pirvan zweifelte ohnehin daran, daß das Blutvergießen sich auf sie (oder auch auf ihn) beschränken würde.

Das Wesen sprang zwei Stufen hoch. Es schien auf seinen dicken Beinen zu schwanken, und Pirvan sah, daß die Stufen hinter ihm rot waren und glänzten. Immerhin verlor es etwas, das aussah wie Blut, nicht wie irgendeine belebende Flüssigkeit, die Fustiar mit seinen schwarzen Künsten erschaffen haben mochte.

Dann geschah alles in Sekundenbruchteilen. Das Wesen machte noch einen Schritt und schwang seine Axt. Haimya sprang zur Seite und zog ihr Schwert hoch. Die Axt drang in die Tür ein, durchbrach das eisenbeschlagene Portal, als wäre es aus Seide. Wohin das Schwert verschwand, sah Pirvan nicht.

Er sah nur, daß Haimya an einem Arm an der Treppe hing. Er sah das Wesen herumfahren und einen schrecklichen, halberstickten, röchelnden Schrei ausstoßen. Den Frostsplitterer schwang es nicht mehr. Es schlug mit der leeren Hand nach Haimya, doch sie stieß mit dem Schwert danach, und die Finger schlossen sich um ihre Klinge. Ein Ruck, und das Wesen hielt Haimyas Schwert in seiner blutigen Hand.

Dann zischte es wie eine ganze Schlangengrube, warf die Hände hoch und kippte so plötzlich nach hinten, daß Pirvan nicht rechtzeitig den Weg freimachen konnte. Zum Glück wurde er nicht mitgerissen und unter dem enormen Gewicht des Wesens am Boden zermalmt. Aber die Kreatur schlug im Fallen um sich, und eine ihrer Hände traf Pirvans linken Arm. Er fühlte den Knochen brechen. Er hätte das Splittern sogar hören können, wenn das Wesen nicht wieder geschrien hätte.

Dann schlug es unten mit einem Aufprall auf, der die Treppe erschütterte und Schmerzen durch Pirvans gebrochenen Arm jagte. Er ignorierte sie und stürzte die letzten paar Stufen zu Haimya hinauf. Ein Arm reichte aus, um ihre freie

Hand zu ergreifen und sie in die vorläufige Sicherheit der Treppe hochzuziehen.

Die Sicherheit war leider trügerisch. Haimya hatte ihr Schwert verloren, Pirvan konnte einen Arm nicht mehr benutzen, und sie besaßen zusammen vier Pfeile und drei Waffen – zwei Dolche und einen Bogen.

Außerdem hatten sie den Frostsplitterer, jedenfalls in dem Sinne, daß niemand ihn gegen sie führen konnte. Ob sein Besitz einen großen Unterschied machte, würde sich noch herausstellen, aber Pirvan kam das unwahrscheinlich vor.

Wenigstens würde er in guter Gesellschaft sterben, wie man so sagte. Allerdings war Pirvan der Meinung, daß er lieber in Haimyas guter Gesellschaft *leben* wollte.

Er mußte den Frostsplitterer mit seinem unversehrten Arm hinter sich herzerren, aber er begleitete Haimya, als sie taumelnd durch die zertrümmerte Tür in den niedrigsten zugänglichen Raum von Fustiars Turm eindrangen. Der Frostsplitterer schleifte über den Boden, und Pirvan kam der alptraumhafte Gedanke, daß er lebendig war und gegen den neuen Besitzer protestierte. Was angesichts von Fustiars offensichtlicher Macht nicht ganz unmöglich schien.

Gerik führte die sechs Wachen an, die zum Turm rannten. Sie hatten eigentlich nicht genug unversehrte Männer, um diesen Ort zu bewachen, wenn weder Fustiar noch der schwarze Drache einsatzfähig waren. Schon wenn er die sechs so zum Turm führte, würden das Tor und die Ruinen in der Nähe der Drachenhöhle schwach besetzt sein, noch dazu mit Stummen.

Gerik sah bald, daß die sechs am Turm wahrscheinlich zu wenig sein würden. Das wachhabende Wesen lag hingestreckt auf dem Boden, wo seine stumpfen Augen in die Wolken starrten. Neben den Verletzungen, die es sich durch den Sturz zugezogen hatte, erblickte Gerik zwei häßliche Wunden an seinem Hals. Zudem war der Frostsplitterer nirgends zu sehen.

Was sie dagegen sehen konnten, war die Tür am oberen Ende der Treppe, die ausschaute wie von einer Riesenfaust zertrümmert – oder vielleicht von einem Frostsplitterer. Gerik wandte sich an den nächsten Mann, der eine Fackel trug. »Gib mir die Fackel. Ich gehe allein hoch.«

Dem Mann klappte die Kinnlade nach unten. Genauso wie den meisten anderen, besonders dem Mann, der oben in den Bergen mit dem Baumgeist gekämpft hatte. »Äh ... einer reicht nicht ...«

»Wenn Fustiar wach ist, kann er sich um sie kümmern. Wenn er schläft wie gewöhnlich, kann ich menschliche Gegner durchaus beschäftigen, bis er aufwacht. Und wenn die Gegner keine Menschen sind, reicht es aus, daß einer bei dieser Feststellung umkommt. Falls ich nicht rauskomme – keine heroischen Rettungsaktionen. Schwört ihr das?«

Die Männer richteten sich auf. »Nein, das tun wir nicht. Wir werden auf jeden Fall versuchen, herauszubekommen, was dir zugestoßen ist, bevor wir Synsaga benachrichtigen.« Gerik hob beide Hände. »Kiri-Jolit behüte euch alle.«

Sie waren Piraten, aber in jedem, der sich für einen fast unbekannten Anführer einer noch unbekannteren Gefahr stellen würde, steckte etwas Gutes und nicht wenig Ehre.

Die Götter haben einen sehr merkwürdigen Sinn für Humor, daß sie mich unter diesen Umständen zum anerkannten Anführer von Kämpfern machen, dachte Gerik.

Er lief los. Mit dem Schwert in der Hand ging er an der toten Kreatur vorbei und wurde langsamer, als er die rutschigen Stufen erreichte. Er hätte sich mehr auf seinen Mut einbilden können, wenn er nicht eine genaue Beschreibung des »Baumgeists« von dessen Opfer gehört hätte. Die Beschreibung mochte auf viele Frauen zutreffen, aber wenige von denen waren vollendete Kämpferinnen, und nur *eine* vollendete Kämpferin war zu diesem Zeitpunkt im Bereich des Kratergolfs zu erwarten.

Ein Wiedersehen mit Haimya unter diesen Umständen bedeutete, daß der göttliche Sinn für Humor schlimmer als merkwürdig war. Vielleicht war es Gotteslästerung, ihn bizarr oder gar grausam zu nennen, aber es steckte einiges an Wahrheit darin.

Zum ersten Mal, seit sie sich ihrer Krankheit bewußt war, wollte sich Haimya in einer Ecke zusammenrollen und dort liegenbleiben, bis sie starb oder ein Heiler kam. Sie hatte alle verbleibende Kraft in den Kampf auf der Treppe gesteckt, und obwohl das Wesen tot war, fragte sie sich, wie lange sie und Pirvan es überleben würden.

Pirvan ließ den Frostsplitterer mit einem letzten Klirren fallen und sah sich um. Dieser Raum war wohl einst eine Art Saal gewesen, als die Burg noch neu war. Dann hatte man mit Holz Zellen oder kleine Kammern abgetrennt, doch selbst die Bewohner dieser Kammern waren längst tot und die Bretter verfault. Der Saal war knöcheltief mit Staub und morschen Holzresten bedeckt, so daß sie beim Endkampf einen schlechten Stand haben würden.

Haimya suchte sich keine Ecke, sondern setzte sich mit übergeschlagenen Beinen in den Schutt und senkte den Kopf, bis sie merkte, daß sie wieder klar denken und atmen konnte. Pirvan hatte sein Gepäck abgelegt und suchte Binden, Salben und Heiltrank heraus.

Das heißt, er kramte die Flasche heraus, die den Heiltrank enthalten hatte. Ein langer Sprung in ihrem Boden verriet ihnen, wohin der Inhalt verschwunden war. »Hast du noch welchen?« fragte Pirvan.

»Weniger, als wir für uns beide brauchen. Ich habe etwas davon getrunken, sonst wäre ich jetzt kaum hier.« Sie wünschte, sie hätte entweder mehr oder weniger getrunken.

»Ich wünschte, du wärst nicht hier, Haimya. Ich wünschte, du wärst in einem warmen Bett sehr weit von hier, mit einem

Krug Wein und einen Teller Kuchen auf dem Nachttisch. Ich wünschte, du hättest ein seidenes Nachthemd und Parfüm angelegt. Ich wünschte …«

Seine Stimme klang, als würde sie ihm gleich den Dienst versagen, und Haimya merkte, wie sie rot wurde. Dann hörten sie Schritte auf der Treppe. Ein Schatten ragte in der Tür auf, und eine Stimme erklang. Haimya kannte sie gut, war jedoch nicht in der Stimmung für den sanften Spott, der darin mitschwang, und merkte, wie sie noch mehr errötete.

»Freund, wer bist du, daß du dir solche Bilder von meiner Verlobten ausmalst? Oder wünschtest du auch, daß ich neben ihr in diesem Bett liege?«

»Gerik«, sagte Haimya. Sie wollte aufstehen, merkte jedoch, daß sie in einem Bein einen Krampf hatte. Noch während sie es zu strecken versuchte, kam Gerik zu ihr und half ihr auf die Beine.

Sie wollte sowohl seine Hilfe abschütteln, als auch den Dreck von ihrem Gewand abklopfen, aber dazu hätte sie drei Hände gebraucht. So gab sie sich damit zufrieden, von Gerik wegzutreten und sich abzubürsten.

»Du siehst nicht gut aus, Haimya«, sagte er.

»Nichts, was du in letzter Zeit getan hast, hat mir das Leben leichter gemacht«, sagte sie. In ihrem Hinterkopf flüsterte eine leise Stimme, daß er wahrscheinlich genausowenig wußte, was jetzt zu tun war, wie sie. Etwas Freundlichkeit konnte nicht schaden. Sie holte tief Luft. »Gerik. Mir ist zu Ohren gekommen … ich habe gehört …, daß du Synsaga den Treueeid geschworen hast.«

Dann sah sie ihn an, und seine Augen sprachen eine deutliche Sprache. Sie wollte sich abkehren, ihn ohrfeigen oder etwas tun, das diesem Augenblick und ihrer Mißbilligung gerecht würde. Ein härteres Wort wollte sie dafür nicht verwenden. Vielleicht hatte man ihm gedroht, und ihre Verlobung hing nicht von diesem Eid ab, wenn er ihn brach und floh.

»Das weiß jeder am Kratergolf«, sagte Gerik. »Es ist kein Geheimnis.«

»Höchstens für die, die zum Kratergolf gekommen sind, um ... um mit dir über deine Zukunft zu reden«, warf Pirvan ein.

Haimya brachte ihren Begleiter mit einem Kopfschütteln zum Schweigen. Je weniger er Geriks Aufmerksamkeit auf sich zog, desto besser. Gerik war ihr nie wie ein Mann vorgekommen, der einen vermeintlichen Rivalen zur Hölle schicken würde, aber schließlich hätte sie auch nie gedacht, daß er in die Reihen von Synsagas Piraten eintreten würde.

»Wir können uns ohne Fustiars Erlaubnis nicht in diesem Turm darüber unterhalten«, sagte Gerik.

»Also dienst du nicht Synsaga, sondern ihm?« fuhr Haimya ihn an.

»Beruhige dich, Haimya. Das ist kein Widerspruch, denn auch Fustiar dient Synsaga und überschreitet nicht die Grenzen, die der Pirat ihm gesetzt hat.« Seine Stimme und seine Augen flehten sie an, ihm zu glauben und nicht weiter in ihn zu dringen. Nicht hier.

Allmählich glaubte sie wirklich, daß bei seinem Treueeid vor einem Jahr Zwang dabeigewesen war, oder daß er jetzt wenigstens noch einmal nachdachte. Er *würde* sie begleiten, und wenn er erst weit vom Kratergolf in Sicherheit war, konnten sie freier reden, mehr über Fustiar erfahren, selbst ...

»Hey!« rief Pirvan. Gerik fuhr herum. Weitere Piraten schoben sich durch die eingeschlagene Tür. Einer von ihnen starrte Haimya an. Sie erkannte den Posten, den sie erschreckt hatte, nachdem sie aus Pirvans Baumillusion gesprungen war.

»Der Baumgeist!« schrie der Mann. Dann riß er sein Entermesser aus dem Gürtel und stürmte vor, genau auf Haimya zu.

Wenn Pirvan so bei Kräften gewesen wäre wie sonst, hätte er Haimyas Angreifer aufhalten können, ohne ihn zu töten. Wegen der Schmerzen in seinem gebrochenen Arm und der Finsternis in dem Raum hatte er aber keine Chance, etwas Sinnvolles zu tun.

Damit blieben nur zwei Möglichkeiten. Gerik Ginfrayson konnte den Mann aufhalten, oder Haimya würde von der Klinge des Piraten sterben. Gerik sprang mit dem Schwert in der Hand los. Als der Mann an ihm vorbeikam, hielt Gerik ihm die flache Klinge vor den Kopf. Doch anstatt ihn zu erschrecken, brachte ihn das noch mehr in Rage. Er griff Gerik an, und nur eine bemerkenswert rasche Parade hielt sein Entermesser davon ab, Gerik den Kopf zu spalten.

»Schluß, du Narr!« schrie Gerik. »Das sind meine Gefangenen. Du kannst sterben, wenn du die Gefangenen eines anderen angreifst.«

»Böser Geist!« kreischte der Mann.

In seinem Schrei lag keinerlei Vernunft, und es war auch nicht mit ihm zu reden. Haimya trat vor, um Gerik dabei zu helfen, den Mann zu entwaffnen und zumindest eine kleine Aussicht auf eine friedliche Lösung zu erhalten.

Aber der Mann zog seinen Dolch und stach nach Haimya. Sie war etwas langsamer als gewöhnlich; die Spitze drang in ihre linke Schulter ein. Ein stechender Schmerz durchzuckte sie, und sie fühlte, wie das Blut aus der Wunde sickerte. Sie dachte an die letzten Tropfen des Heiltranks, und wieviel diese zu heilen hätten.

Gerik dachte an überhaupt nichts. Dreimal blitzte sein Schwert auf, und beim letzten Mal zog er es bluttriefend zurück, während der Mann zusammenbrach. Gerik trat zurück. Der flehentliche Ausdruck auf seinem Gesicht war noch stärker. Haimya wußte nicht, an wen seine Bitte jetzt gerichtet war – an sie oder an die Piraten an der Tür, die mit angesehen hatten, wie ihr Kamerad erschlagen worden war.

Da wußte sie, daß ihr nur noch eine Hoffnung blieb. Sie schüttete das meiste von dem verbliebenen Heiltrank auf ihre verwundete Schulter, dann kippte sie sich die letzten paar

Tropfen in den Mund. Ohne ihre Wirkung abzuwarten, lief sie zu dem Frostsplitterer und hob ihn hoch.

Sie wußte nicht, was sie erwartet hatte. Würde der Frostsplitterer sie erschlagen, weil sie ihn stahl, oder würden alle Piraten auf die Idee kommen, daß sie noch etwas anderes zu erledigen hatten, und zwar dringend?

Keins von beidem geschah. Was Haimya in der Hand hielt, war eine schöne Zweihänder-Kriegsaxt mit einer einzelnen Scheide. Sie war schwer, aber gut ausbalanciert; die Stärke der Wache haltenden Kreatur wäre jedenfalls nicht unbedingt nötig gewesen, um sie zu führen. Fustiar mußte eine Menge von Waffen verstehen. Zu schade, daß er sich ganz dem Bösen verschrieben hatte …

»Tötet die Hexe!« rief jemand. Er war laut genug, um nicht nur ein Echo auszulösen, sondern auch um Staub aufzuwirbeln. Er wirbelte noch mehr Staub auf, als er mit erhobenem Entermesser vorstürmte.

Haimyas Arme und Schultern fingen den ersten Angriff ab, bevor ihre Gedanken ihn überhaupt erfaßt hatten. Sie hielt die Waffe mit weit auseinanderstehenden Händen und dem Axtkopf nach links. Dann griff sie um und schwang fest von links nach rechts. Der Axtkopf traf das Entermesser, gerade als es heruntergezogen wurde, und riß es dem Mann aus den Händen.

Der Aufprall verlangsamte den tödlichen Bogen des Frostsplitterers kaum. Er hatte immer noch genug Schwung, um tief in den Leib des Mannes einzudringen. Der starrte auf das klaffende rote Loch in seinem Bauch, umschlang die Wunde dann vergebens mit seinen Armen und ging in die Knie. Er stieß nur noch einen einzigen Schrei aus, bevor Blut aus seinem Mund drang und er hustend und würgend zu Boden stürzte.

Doch bevor er still war, war Pirvan herangesprungen und hatte das Entermesser aufgehoben. Er schwang es mit seiner unversehrten Hand, doch Haimya sah ihn zusammenzucken, als die Bewegung seinen gebrochenen Arm erschütterte, der noch nicht verbunden war.

»Das sind meine Gefangenen«, sagte Gerik mit gepreßter Stimme. »Haimya, Haimyas Freund, ihr könnt die Waffen weglegen. Ich verspreche euch ...«

»Tod den Verrätern!« brüllte ein anderer Mann. »Die Hexe hat meinen Bruder umgebracht. Sie ist keine Gefangene!«

Gerik, Pirvan und Haimya konnten gerade noch eine grobe Verteidigungslinie bilden, bevor die anderen angriffen. Dann bestand der Kampf eine gute Minute lang nur aus blitzschnellen Bewegungen und dem ohrenbetäubenden Aufeinanderprallen von Stahl und Eis, und Haimya nahm außerhalb der Reichweite ihres Frostsplitterers nichts mehr wahr.

Zwei Männer erwischte sie mit der Axt, einer davon war auf der Stelle tot. Aber sie erinnerte sich zu spät daran, daß eine Zweihandwaffe im Nahkampf ungünstig war, sobald die Feinde einen gewissen Mindestabstand unterschritten hatten. Doch Gerik war im letzten Jahr ein besserer Schwertkämpfer geworden als in allen Jahren zuvor, und Pirvan war wendig wie ein Aal und so gefährlich wie eine Giftschlange. Jeder von ihnen streckte einen Mann nieder, und Haimya begann zu hoffen.

Doch jeder Hoffnungsschimmer erlosch, als plötzlich noch mehr Männer in der Tür standen. Der Kampflärm mußte sie herbeigelockt haben, und diese Neuankömmlinge waren unglaublich häßlich, stumm, vernarbt, hatten grimmige Gesichter und keine Ohren. Selbst wenn sie Ohren gehabt hätten, konnte Haimya sich nicht vorstellen, daß sie zugehört hätten.

Sie und Pirvan sonderten sich von Gerik ab und hielten die Neuankömmlinge fern. Beide kämpften mit unvertrauten Waffen, sie war krank und er verwundet, aber das gemeinsame Ziel verlieh ihnen ungeahnte Kräfte und vereinte sie, als wären sie zwei Hälften eines großen Ganzen.

Die Neuankömmlinge schienen Gerik ungern angreifen zu

wollen, und Haimya fragte sich, ob das daran lag, daß er Fustiar diente, der auch ihr Herr sein mußte. Die Piraten hatten keine Hemmungen, jeden anzugreifen, aber sie teilten ihre Kräfte auf, so daß keiner unterlegen war.

Wie lange der Kampf noch weitergegangen wäre, hätten nur die Götter sagen können. Sein Ende kam in dem furchtbaren Augenblick, als Haimya sich darauf verließ, daß Pirvan sie vorne deckte, und weiter ausholte, um einen Piraten mit Helm anzugreifen.

Der Frostsplitterer zischte herab, zerschmetterte den Helm, so daß dem Mann Eisen und Knochen aus der Nase staken – dann zerplatzte er wie eine Glaskugel, die auf einen Steinboden fällt. Nur flogen nun keine einfachen Glasscherben durch den ganzen Raum.

Nein, es waren Stücke von magisch erzeugtem Eis, die in alle Richtungen sausten, schärfer als Rasierklingen, schwer wie Steine und tödlich wie Drachenklauen. Haimya sah Blut an ihrem Bein, sah zwei Männer zu Boden gehen, sah, wie die Stummen einen von ihnen, dem der Bauch aufgerissen worden war, zur Tür hinauszogen, und dann vor etwas flohen, das stärker war als ihr blinder Mut ...

Und sie sah Gerik Ginfrayson zusammenbrechen, wobei er eine blutige Hand auf eine Schenkelwunde drückte, die ihm das Eis gerissen hatte. Die Verletzung war tödlich, und als seine Kräfte ihn verließen, fiel die Hand herab und überließ es der Wunde, ihr Werk zu vollenden.

Haimya kniete bei ihm nieder, bis das Licht aus seinen Augen schwand. Sie würde sich später daran erinnern, wie sie seine Lippen küßte, ehe sie kalt waren, und hinterher wieder. Sie würde sich auch erinnern, wie sie gemurmelt hatte, daß sie ihm treu geblieben war – bis zu diesem letzten Verrat. Und noch andere Dinge, bei denen es vielleicht ganz gut war, daß er sie nicht mehr hören konnte. Es würde reichen, daß die Götter sie hörten.

Sie erinnerte sich aber nicht daran, ob er noch etwas gesagt hatte. Wahrscheinlich hatte er geschwiegen, und auch das Lächeln auf seinem Gesicht entsprang bestimmt ihrer Einbildung. Aber das Bild von diesem Lächeln blieb ihr im Gedächtnis, auch als sie Pirvans Hand auf ihrer Schulter spürte und ihm erlaubte, sie hochzuziehen.

»Wir müssen weiter.«

»Wohin?«

»Hoch oder runter. Ganz gleichgültig. Wir müssen aus dem Turm heraus, damit Hipparan uns finden kann – bevor Fustiar aufwacht oder der schwarze Drache zurückkehrt.«

»Ich ... ich habe mir den Splitter herausgezogen ... er hätte Gerik treffen sollen und seiner mich.«

Er sah ihr Bein an. »Du kannst nicht hochsteigen?«

»Vielleicht. Ich ...« Sie zwang sich, die nächsten Worte auszusprechen, obwohl sie schon wußte, daß er sie nicht beachten würde. Notfalls würde er einen Weg finden, sie auf einem Arm herauszutragen. »Laß mich hier zurück.«

»Haimya, das ist das erste und wahrscheinlich letzte Mal, daß ich dir einen Befehl erteile. Komm, freiwillig oder nicht, aber komm.«

Ein letzter Rest Würde zwang sie, einen Fuß vor den anderen zu setzten. Überraschenderweise konnte sie das verwundete Bein etwas belasten, obwohl sie merkte, daß es dadurch stärker blutete. Sie traten den nutzlosen Griff des Frostsplitterers beiseite, stiegen über die Leichen und Eisstücke hinweg und gingen zur Tür.

Kapitel 9

Hipparan war keiner jener Drachen mit dem angeborenen Talent, Magie auch dann zu spüren, wenn sie in einer Höhle tief unter einem Berg am anderen Ende der Welt gewirkt wurde.

Ebensowenig hatte er in den paar Jahrzehnten, die er vor seinem Drachenschlaf in der Welt verbracht hatte, Zeit gefunden, diese Kunst zu erlernen – falls man sie überhaupt erlernen konnte, was manche älteren Drachen bezweifelten.

Aber die Magie, die er jetzt spürte, flammte auf wie Feuer über dürres Gras. Jedenfalls war es eine Quelle von Magie – er hielt sie für neutral, spürte aber eine Aura von Gefahr. Neben der neutralen Quelle flackerte Böses wie ein Lagerfeuer im Regenguß des vergangenen Tages.

Und der schwarze Drache war weit weg, kam aber mit jedem Augenblick näher. Ein vertrautes Gefühl, das Hipparan zu jeder anderen Zeit nicht unwillkommen gewesen wäre. Er hatte noch nie gehört, daß ein Drache vom Bösen zum Guten oder auch nur auf Neutral umgeschwenkt wäre, aber wahrscheinlich würde der Schwarze nichts Böses *tun,* solange Fustiar ihn nicht dazu zwang.

Als Hipparan losflog, hoffte er, daß Fustiar keine Sprüche besaß, die auch einen anderen als den alten schwarzen Drachen zu etwas zwingen konnten. Doch ein Magier, der den Drachenschlaf brechen konnte – auch wenn die Königin der Finsternis ihm dabei geholfen hatte – war zu mächtig, als daß irgend jemand mit Ausnahme seiner grausamen Herrin sich in Sicherheit wiegen konnte.

Hipparan stimmte in einem mit Pirvan und Haimya überein. Er würde nicht trauern, wenn Fustiar in ein Weinfaß fiel und ertrank. Vorläufig konnte er aber nur hoffen, daß wenigstens Fustiars Fähigkeit zum Zaubern in dem Wein ertrunken war, den er in sich hatte, und daß es so bleiben würde, bis er Pirvan und Haimya nichts mehr antun konnte.

Hipparan stieß bis dicht über die Baumkronen herab und legte dabei an Tempo zu. Der Wind seiner Schwingen fegte die Vogelnester von den Bäumen, und brütende Mütter schrien auf, als ihre Küken ins Leere fielen.

Hipparan fühlte das Leid der Mütter, konnte aber nichts daran ändern. Ihnen schuldete er nichts, Haimya und Pirvan – und allen ihren Freunden, Paladin möge sie beschützen – jedoch eine ganze Menge.

Er beschleunigte seinen Flügelschlag, bis er schneller flog denn je zuvor hoch am Himmel.

Pirvans Arm schmerzte, als ob er ihn über ein Feuer gehalten hätte, als er und Haimya endlich das Dach des Turms erreichten. Auf der Treppe hatten sie niemanden getroffen, weder Freund noch Feind. Allerdings waren die brüchigen Stufen, die Spinnweben, der schimmlige Geruch und das abstoßende Getier rundherum für die beiden angeschlagenen Abenteurer schlimm genug. Haimya mußte immer wieder anhalten – um Luft zu holen, wie sie sagte, aber Pirvan sah, daß ihre Beinkleider und sogar der einfache Verband aus den zerrissenen Kleidern eines toten Piraten blutgetränkt waren.

Als sie das Dach erreichten, waren sie noch allein, und Pirvan sah schnell, weshalb. Das Dach bestand mehr aus Löchern denn aus Steinen oder Holz. Ein falscher Schritt, und sie würden kopfüber in die Dunkelheit stürzen.

Jedenfalls wäre das ein schnellerer Tod als der, den die Piraten ihnen gewähren würden, die jetzt den Turm umstellten. Pirvan hoffte, daß er und seine Begleiterin die Piraten wenigstens zwingen könnten, sie zu töten, doch mit seinem Arm, ihrem Bein und ihrem Fieber wollte er da keine große Wette eingehen. Die letzte Kraft, die Haimya aus dem Heiltrank gezogen hatte, hatte sie damit verbraucht, daß sie den Frostsplitterer so kunstvoll geschwungen hatte, daß jeder Eisbarbarenkrieger sie darum beneidet hätte – und was hatte sie davon gehabt?

Gerik Ginfrayson war tot, und damit hatte sie etwas Unwiederbringliches verloren, selbst wenn sie diese Nacht und noch weitere fünfzig Jahre überleben sollte. Er hatte seinen Eid gegenüber Synsaga gebrochen, um sie zu retten, und sie hatte ihm dafür den Tod gebracht.

Pirvan konnte in Haimyas Augen erkennen, daß sie innerlich immer wieder den sterbenden Gerik vor sich sehen würde oder ihren Frieden mit dem machte, was nicht ihre Schuld und letztlich nicht mehr zu ändern war.

Er hatte sich streng verboten, daran zu denken, daß sie jetzt frei war. Wahrscheinlich würde sie jahrelang keinen Mann an sich heranlassen, wenn überhaupt jemals wieder. Alles, was er jetzt für sie tun konnte, war schweigen. Und sie nicht allein sterben lassen.

Noch mehr Piraten mit Fackeln kamen über den Hof auf den Turm zu. Pirvan sah nach unten. Ein Pfeil zischte in seine Richtung, traf aber die Steine gut zehn Fuß unter ihm. Steinbrocken und große Stücke Mörtel fielen von der getroffenen Stelle herunter. Dieser ganze Turm stand kurz davor, unter seinem eigenen Gewicht zusammenzubrechen; daß er Fustiar als Bewohner, geschweige denn seine ganze Magie überstanden hatte, war mehr als erstaunlich.

Haimya lehnte zusammengesunken an den Überresten der Zinnen. Ihre Augen wirkten so leer, als wäre sie ohnmächtig. Nur das langsame Auf und Ab ihrer Schultern und das Tröpfeln des Bluts aus ihrer Wunde verrieten Pirvan, daß sie noch lebte.

Jeder Schritt und jede Bewegung ließen den Schmerz in seinem Arm jetzt in den ganzen Körper ausstrahlen. Es wäre das Einfachste, dachte Pirvan, sich einfach neben Haimya zu setzen, ihre Hand zu nehmen und abzuwarten, bis Fustiar erwacht oder die Männer unten ihren ganzen Mut zusammennehmen und mit dem Schwert in der Hand heraufkommen.

Aber es wäre auch eine Schande für die Brüder und Schwestern des Nachtwerks. Ein Dieb entkam, oder er starb aufrecht wie ein Dachs, der seinen Bau verteidigt.

Die Fackeln wurden geschwungen. Mehrere Pfeile flogen herauf, aber keiner von ihnen erreichte die Spitze. Sie schienen direkt in den Himmel zu zielen. Pirvan kam es vor, als wären seine Ohren mit Wolle verstopft, aber er hörte erstickte Alarmschreie.

Natürlich, der schwarze Drache kehrte zurück. Die Männer würden sich zurückziehen, aber das machte keinen Unterschied. Der schwarze Drache und sein Zaubermeister würden die Arbeit dieser Nacht gemeinsam beenden …

Aber es war nicht der schwarze Drache, der aus der Nacht herabstieß, sondern Hipparan. Er schien doppelt so groß wie beim letzten Mal, da sie ihn gesehen hatten. Seine Schwingen verdeckten den Himmel, und sein Körper war länger, als der Turm breit war.

Magie, natürliches Wachstum oder Illusion? Illusion, erkannte Pirvan, als Hipparan die Flügel anlegte, um mitten in der Luft anzuhalten, und dann vorsichtig auf dem Dach landete. Nicht alle Steine unter ihm hielten sein vorsichtig ausbalanciertes Gewicht aus; einige gaben nach und polterten in die Dunkelheit hinunter.

»Kommt, steigt auf«, flüsterte Hipparan. »Schnell, bevor dieses Dach einstürzt oder Fustiar aufwacht. Der schwarze Drache ist schon unterwegs hierher.«

Haimya starrte schweigend vor sich hin, bis Pirvan schon glaubte, er müßte sie schlagen oder mitzerren, damit sie sich bewegte. Er fragte sich, zu welchem Gott er beten sollte, um dies abzuwenden.

Dann bereitete Haimya den Fragen ein Ende, als sie sich unter Schmerzen aufrichtete. »Ich muß Pirvan am Geschirr festbinden«, sagte sie. Ihre Stimme hätte zu einem einbalsamierten Leichnam in einem tausend Jahre alten Schrein gehören können. »Er hat sich den Arm gebrochen.«

»Dann mach schnell«, sagte Hipparan. Haimyas erste Bewegungen waren fahrig und kraftlos, aber ihre Hände waren nicht weniger geschickt als früher. Blitzschnell war Pirvan so sicher verschnürt wie ein Barbarenkind auf dem Rücken seiner Mutter. Er sah nicht, ob Haimya sich selbst auch an das Geschirr band, aber er spürte den Ruck und das flaue Gefühl im Magen, als Hipparan sich abstieß. Das letzte, was er sah, war der Turm, der in einem Kreis von Fackeln unter ihnen kleiner wurde.

Hipparan verstand von menschlichen Verletzungen und Krankheiten weniger, als ihm lieb war. Noch weniger verstand er davon, wie man sie heilte, obwohl er früher einmal ein paar Heilsprüche beherrscht hatte und darüber hinaus eine ganze Menge in Tarothins am wenigsten geheimen Zauberbuch gelesen hatte.

Dieses bescheidene Wissen reichte aus, um ihm eines zu verraten: Pirvan und Haimya würden ihre derzeitigen Verletzungen nicht überleben, wenn sie unbehandelt blieben. Vielleicht brauchten sie auch nur Ruhe und gutes Essen, das hilfreiche Hände ihnen ein paar Wochen lang jeden Tag brachten, wenn sie an Bord der *Goldenen Tasse* oder Gäste in einer Burg waren, wie diese hier es vor langer Zeit gewesen war.

Aber allein in der Wildnis, wo sie kaum in der Lage waren, sich umeinander zu kümmern, waren sie verloren. Selbst wenn Hipparan bei ihnen blieb und sie vor Feinden beschützte, konnte er nicht so für sie sorgen, wie sie es brauchten.

Außerdem durfte er nicht sicher sein, daß er bei ihnen bleiben konnte. Der schwarze Drache war jetzt noch näher und fragte verdrossen, was los war. Bis jetzt hatte Hipparan noch keine Antwort von Fustiar gehört.

Hoffentlich blieb das so.

Hipparan war so hoch geflogen, wie es ihm möglich war, ohne daß es seinen Passagieren zu kalt wurde, damit er in die Ferne sehen konnte und außerhalb der Reichweite von Pfeilen oder Katapultgeschossen blieb, die vom Boden abgefeuert wurden. Als er keine unmittelbare Gefahr von Menschenwaffen, Drachenklauen oder Magie mehr sah, beschrieb er ein paar weite Kreise, in der Absicht, auf einem Berg gegenüber des alten Vulkans zu landen.

Er hatte daran gedacht, auf jenem verwitterten Vulkangipfel selbst zu landen, denn der See bot sauberes Wasser, soviel sie wollten, und der Wald stieg so hoch hinauf und war voller Wild und Früchte. Aber das Gestein war brüchig und trügerisch, und oberhalb der Baumgrenze gab es wenig Deckung für zwei Menschen, die sich nicht schnell bewegen konnten und sicher über Land, vielleicht auch aus der Luft, verfolgt werden würden.

Hipparan hatte auch einen Hauch alter Magie tief in diesem Berg gespürt. Er konnte nichts Genaues erkennen, aber er hatte den Eindruck, daß seine Freunde sich von dem Berg lieber fernhalten sollten, wenn Fustiar mit einer Wut erwachte, die einem Ausbruch des alten Vulkans gleichkommen würde.

Die Wolken hingen tief, und der Nebel erhob sich, als Hipparan herunterkam. Er mußte langsamer fliegen, bis er in einer Höhe in der Luft hing, in der ihn noch ein kleiner Junge mit einer Schleuder erreicht hätte. Mit seinem ganzen Bewußtsein suchte er das Land nach Lebenszeichen ab.

Er fand nichts außer dem Leben des Dschungels. Die Tagtiere schliefen, und die nachtaktiven Wesen waren wach und fraßen. Er spürte weder Mensch noch Magie noch etwa Böses, und niemand schien sich über den seltsamen Drachen oder das merkwürdige Menschenpärchen Gedanken zu machen.

So wollte Hipparan es haben. Er landete, dann drehte er den Kopf, um seine Reiter zu begutachten. Haimya schlief oder war bewußtlos. Pirvan war wach, hatte aber einen roten Kopf, weil er zu fiebern begann, und biß sich vor Schmerzen auf die Lippen.

Vorsichtig durchtrennte Hipparan das Geschirr des Diebs mit zwei Krallen, die er so gezielt wie Stricknadeln einsetzte, obwohl sie länger waren als Pirvans Dolche. Pirvan ergriff mit seiner gesunden Hand Hipparans Flügel und ließ sich vorsichtig auf den Boden herunter.

Doch selbst dieser langsame Abstieg war nicht vorsichtig genug, um zu verhindern, daß Pirvan vor Schmerz scharf Luft holen mußte. Er setzte sich, hielt seinen gebrochenen Arm und starrte zu Hipparan hinauf. »Danke. Ich wünschte, mir würde mehr einfallen, aber du hast all deine Schulden zurückgezahlt.«

»Na, na, nun laß uns nicht damit anfangen«, schalt ihn Hipparan. »Wenn wir überleben, haben wir noch genug Zeit, darüber zu streiten. Wenn nicht – die Toten schulden niemandem etwas, jedenfalls nichts, was sie den Lebenden zurückzahlen könnten.«

»Wohl zu Witzen aufgelegt?«

»Ich kann die Krallen zählen, die ich mir vors Gesicht halte«, sagte Hipparan würdevoll. »Daß ich jung bin, heißt nicht, daß ich dumm bin.«

»Hab ich doch … ah! Kannst du mir helfen, meinen Arm zu verbinden?«

»Ich kann etwas Besseres«, sagte Hipparan mit mehr Zuversicht, als er verspürte. Das brachte ihm Pirvans ungeteilte Aufmerksamkeit ein, und die ließ auch nicht nach, als Hipparan erklärte, daß er die Menschen heilen wollte.

»Jedenfalls soweit, daß ihr euch selbst etwas zu essen suchen und euch einen Unterschlupf bauen könnt«, fügte der Drache hinzu. »Ich bin nicht Tarothin, und ich vermute, nicht einmal er ist ein vollendeter Heiler.«

»Jetzt«, sagte Pirvan, »nennt der Hai das Walroß einen Vielfraß.«

»Zweifellos«, sagte Hipparan. »Wenn du jetzt deinen Arm ausstrecken würdest, so gut du kannst …«

»Nein«, sagte Pirvan. »Du heilst die Dame zuerst. Sie ist verwundet und krank, und wir haben keinen Heiltrank mehr.«

Hipparan schüttelte den Kopf. »Mein Freund, ich habe gesagt, ich bin nicht Tarothin. Das heißt, ich mache vielleicht einen Fehler. Wenn du willst, daß Haimya sicher ist, solltest du dich dann nicht als mein erster Patient zur Verfügung stellen?«

»Für einen Heiler hast du eine wundervolle Art, Zuversicht zu verbreiten«, sagte Pirvan. »Na schön, tu dein Schlimmstes.«

Hipparan versuchte, sich die Worte von Tarothins allereinfachsten Heilzauber vor Augen zu rufen. Möglich, daß er damit nur Pusteln und Schuppen heilen konnte, aber ein bescheidener Anfang würde nicht gleich töten, wenn er schon nicht heilte.

Der schwarze Drache wußte, daß sein Meister wach war, als er in seine Höhle am Ende des Burghofs zurückkehrte. In den Klauen trug er einen kleinen Hirsch, und seine Ankunft sowie die Tatsache, daß er das unglückselige Tier sofort auffraß, hielten die Menschen auf Abstand. Selbst die, die nicht reden konnten, waren ängstlicher als gewöhnlich, und niemand wollte sich so weit nähern, daß er dem Drachen erzählen konnte, was in seiner Abwesenheit geschehen war.

Der Schwarze mußte seine Mahlzeit zu Ende bringen, über den Turm fliegen und selber sehen, daß das Lebewesen, das Fustiar geschaffen hatte, tot und seine Axt verschwunden war.

Der Drache konnte vage erspüren, wo der Frostsplitterer gewesen war, aber jetzt schien er zerstört, ja, geschmolzen zu sein.

Genau, lautete Fustiars wortlose Antwort.

Zauberer, wie ist das passiert?

Der schwarze Drache hörte mit wachsendem Erstaunen und voller Beunruhigung zu, als Fustiar erzählte, wie schlecht die Nacht bisher verlaufen war.

Ist das alles? fragte er schließlich.

Die Wut des Magiers brannte sich in die Gedanken des schwarzen Drachen ein. *Reicht das nicht?*

Bist du sicher, daß die Wachen die Wahrheit gesagt haben?

Darauf gab Fustiar keine Antwort. Im Innersten seines Gehirns, wo der Magier ihn nicht erreichen konnte, fragte sich der schwarze Drache, ob es der Wut des Magiers noch nicht reichte, daß die Wachen halb besinnungslos vor Angst waren. Sie hatten versagt, aber daß er sie zu einfältigen Trotteln machte, half nun auch nichts mehr.

Das spielt keine Rolle, sagte Fustiar ruhiger. *Ihr Versagen ist nicht hinnehmbar. Sie müssen bestraft werden.*

Ist es Synsagas Recht …?

Synsaga hat keine Rechte gegen mich! kreischte Fustiar. Der schwarze Drache hörte das sowohl innerlich als auch mit dem, was von seinem körperlichen Gehör noch übrig war. Er hoffte, daß kein Mensch diese Worte hörte, denn er sah noch mehr Schwierigkeiten voraus, wenn sie Synsaga erreichten. Auf Fustiars Befehl hin oder vor Hunger hatte der Drache schon manches Mal Gefangene und Sklaven getötet. Das Blut eines freien Menschen, der dem Piratenhäuptling die Treue geschworen hatte, hatte er bis jetzt noch nicht vergossen.

Wie lautet also dein Wunsch? fragte der Drache.

Töte sie, du überdimensionale Eidechse! lautete die nicht unerwartete Antwort.

Alle?

Ja. Entweder sie sterben jetzt, oder du stirbst einen einsamen, sinnlosen Tod! Willst du das?

Der schwarze Drache warf den Kopf zurück und heulte seine Zerrissenheit in die Nacht hinaus. Der Himmel verschluckte den Schrei und gab keine Antwort auf seine Fragen.

Ganz ohne Reaktion blieb der Schrei aber nicht. Der Drache sah, daß er jeden Menschen rund um den Turm in Bewegung gesetzt hatte. Einige rannten, und einige der Rennenden waren auf den Weg zum Tor oder zu den überwindbaren Teilen der Ruinen.

Der Drache zupfte sich eine Hirschrippe aus den Zähnen, bäumte sich auf und flog davon. Wenn die Männer schnell genug rannten, würde er jede Entschuldigung haben, sie nicht zu Tode hetzen zu müssen. Fustiar konnte kaum einen offenen Krieg mit Synsaga wünschen, weil er öffentlich Piraten abschlachten ließ. Wenn die Stummen nicht rannten, würde der Drache ihre Leichen ohne Bedenken in der ganzen Burg verstreuen; er hatte sie ohnehin nie gemocht.

Der schwarze Drache schoß über die Mauern und kreiste noch einmal um den Turm. Er warf einen Blick auf das Dach, um zu sehen, ob dort noch jemand war. Es war leer und noch zerfallener als zuvor.

Er legte sich in die Kurve und fühlte sich stärker als die meiste Zeit, seit Fustiar ihn geweckt hatte. Das Leben war kostbar. Er würde es nicht so leicht aufgeben, auch nicht um den Preis von ein paar Menschenleben.

Aber das nächste Mal, wenn du zu betrunken bist, um selbst zu töten, dann bitte nicht mich darum! fauchte er seinen Meister an.

Haimya erwachte mit so wenig Schmerzen, daß sie wußte, sie mußte tot sein. Oder sie war gefangen, und Fustiar hatte sie geheilt, weil er ihr ein viel langsameres, schrecklicheres Ende zugedacht hatte als den Tod durch Fieber und Blutverlust.

Dann stellte sie fest, daß sie nicht nur schmerzfrei, sondern auch hungrig war. Hungrig, fast unbekleidet, aber in eine Decke gewickelt und auf ein Lager aus Blättern gebettet.

Das sprach für eine Gefangenschaft, besonders der Hunger. Allerdings schien sie draußen zu sein, nach dem Geruch des Waldes und dem Himmel über ihr zu urteilen. Jemand bewegte sich in ihrer Nähe, und sie drehte den Kopf.

Als sie das tat, kniete dieser Jemand neben ihr nieder. Sie erkannte Pirvan, der ihr eine Schale aus einer grob zerteilten Riesennuß hinhielt.

Sie war so überrascht, daß sie nach Luft schnappte und sich am ersten Mundvoll Wasser verschluckte. Pirvan klopfte ihr auf den Rücken – mit der *linken* Hand, wie ihr auffiel – und hielt ihr weiter die Schale an die Lippen.

Diesmal trank sie ohne Mißgeschick, obwohl sie gar nicht richtig darauf achtete, was sie tat. Sie konnte ihre Augen nicht davon abwenden, wie Pirvan beide Hände benutzte, als wäre er nie verwundet gewesen.

Nein, das war nicht ganz richtig. Er schonte noch immer den linken Arm und benutzte noch häufiger den rechten, als ein Rechtshänder dies ohnehin schon tat. Einmal sah sie, wie er sich den linken Arm vorsichtig rieb, und hörte ihn seufzen.

Aber er hatte wieder beide Arme. Sie setzte sich auf, schlang die Decke um sich und schüttelte den Kopf. Sie kam sich vor, als wäre sie nach einem Gelage mit gutem Essen und ausgezeichnetem Wein in bester Gesellschaft aus einem langen, tiefen Schlaf erwacht. Nein, auch das war nicht ganz richtig. Ihr Magen knurrte zu laut, als daß er in den letzten … wie lange war es eigentlich her? Sie kam sich vor, als hätte sie vor einem Monat das letzte Mal gegessen.

Aber die Benommenheit und die Fieberschmerzen waren verschwunden. Ihr Bein war noch steif, aber als sie es betastete, fand sie kein Blut, nur wenig Schmerzen und statt einer klaffenden Wunde nur eine höckrige, verschorfte Narbe.

Es war nicht ihre erste, und um ihr Aussehen brauchte sie sich sowieso nicht mehr zu sorgen. Solange die Narbe sie nicht langsamer machte, konnte sie ins Feld zurückkehren, vielleicht nicht mit der Aussicht auf ihren alten Rang unter den Söldnern, aber mit einiger Aussicht auf ein gutes Leben, bis das Glück sie verließ.

»Pirvan, ich dachte, du beherrscht nur den einen Spruch und hättest nicht einmal dafür mehr die Kraft …«, setzte sie an.

Pirvan lachte. Genau wie jemand weit Größerer hinter ihr in der Finsternis.

»Hipparan?«

»Wenn ich dich und Pirvan in Gefahr gebracht habe, tut es mir leid. Aber anscheinend ist die Heilung so gut verlaufen, daß es die Gefahr …«

Haimya setzte sich auf, ohne auf die Decke zu achten, und starrte Hipparan an. Alles, was sie erkennen konnte, waren seine Augen, doch unter ihrem Blick senkte er sie.

»Du hast uns geheilt?« Sie kam sich vor, als ob ihr Verstand auf das Niveau eines Kindes gesunken wäre und ihre Kenntnisse in der Gemeinsprache gleich mit dazu.

»Es war die kleinere Gefahr«, begann Pirvan, aber Hipparan unterbrach ihn.

»Ich möchte diese Geschichte selbst erzählen, wenn du gestattest. Wir haben nicht viel Zeit, und ich werde vielleicht nicht mehr lange bei euch sein.«

Was diese letzten Worte bedeuteten, hätte Haimya liebend gern erfahren. Sie nahm Hipparans Rat an und hörte schweigend zu. Irgendwann während der Geschichte setzte sich Pirvan hinter sie, und sie legte den Kopf an seine Schulter, was sich ganz natürlich anfühlte.

»Jetzt muß ich abfliegen«, schloß Hipparan. »Der schwarze Drache widmet sich den Wachen am Turm.«

Haimya richtete sich auf. »Er tötet sie?«

»Jedenfalls spüre ich so etwas Ähnliches«, sagte Hipparan. »Vielleicht will er sie nur erschrecken, aber ich muß mich selbst davon überzeugen.«

Haimya antwortete nicht mit Worten. Sie sprang auf, fühlte, wie ihr Bein sie trug, als ob es nie verletzt gewesen wäre, und rannte zu Hipparan, um ihn zu umarmen. Sie wußte, daß es lächerlich war, einen Drachen in die Schuppen zu weinen, wenn sie das an der Schulter eines anständigen Mannes hätte tun können, aber sie konnte einfach nicht anders.

Außerdem war es gerecht, wie sie feststellte, als ihr Schluchzen nachließ. Pirvan war hier und würde hierbleiben. Hipparan dagegen zog in die Schlacht – für das Gute, für seine Freunde und für das, was er ihnen schuldig war. Vielleicht auch nur, damit er des Nachts ruhig schlafen konnte.

»Paladin, Kiri-Jolit – mögen sie dich beschützen, mein Freund«, sagte sie schließlich.

Pirvan sah sie an, als hätte sie ihm die Worte aus dem Mund genommen, dann lächelte er. Er legte ihr einen Arm um die Schultern, und sie wehrte sich nicht dagegen. Sie blieben so stehen, als Hipparan die Flügel ausbreitete, ins Freie trat und sich in den Nachthimmel schwang.

Hipparan stieg so hoch, wie er konnte, ohne in die Wolken zu fliegen. Er wollte die Gipfel der Berge hinter sich haben und alle Sinne sowie den Vorteil der Höhe nutzen können, wenn es zum Kampf kam.

Er hoffte aber, daß es anders kommen würde. Die Freude, die er empfunden hatte, als er Pirvan und Haimya heilte, hatte ihm klargemacht, daß er nicht die Seele eines Kriegers besaß. Er konnte kämpfen und würde das tun. Die Stärke der Jugend sollte ihm einen Vorteil verschaffen, auch wenn diese Stärke noch kaum durch Erfahrung gereift war. Aber wenn der schwarze Drache ihm weiterhin keinen Grund zum Kampf gab, würde es keinen Kampf geben.

Hipparan wartete hoch über dem Turm ab, wo er sehen konnte, wie der schwarze Drache zu ihm aufstieg, bevor der Alte ihn erkennen konnte. Damit war er in Reichweite von Fustiars Zaubersprüchen, aber er ging davon aus, daß er stark genug war, mit dem Magier fertigzuwerden.

Und zwar durch Sprüche gegen den Turm. Mit dem Heilen hatte er unbekannte Gefilde betreten, aber es hatte ihm körperlich nichts abverlangt. Menschen ohne magischen Schutz waren für einen ausgewachsenen Drachen ein Kinderspiel.

Sprüche. Vielleicht sollte er den Turm erstarren lassen, so daß Fustiar darin eingemauert war. Vielleicht die Steine an seinem Fuß aufweichen, damit das Eigengewicht des Turms ihn über seinem Herren zusammenbrechen ließ.

Vielleicht …

Selbst in dieser Höhe erreichten Hipparan die Schreie der Sterbenden.

Der schwarze Drache schoß auf einen Mann herunter, der sich verzweifelt an die steile Seite eines umgekippten Steinblocks klammerte. Anstatt seine Odemwaffe oder einen Spruch einzusetzen, peitschte er nur im Vorbeifliegen mit dem Schwanz nach dem Mann.

Der Schwanz traf den Rücken des Mannes mit der Wucht eines herabstürzenden Dachbalkens. Mit weit aufgerissenen Augen und zu einem tonlosen Schrei geöffneten Mund, bäumte der Mann sich auf und klappte nach hinten. Dann rutschte er leblos von dem Stein herab und blieb still am Boden liegen.

Der schwarze Drache brauste weiter und kreiste mit fast senkrecht stehenden Flügeln einmal um den Turm. Zum ersten Mal seit seinem Erwachen war er von der alten Lust am Kämpfen erfüllt, und sie verlieh ihm eine Kraft, an die er sich seit seiner Jugend nicht mehr erinnern konnte. So war es gewesen, als er mit den Drachenarmeen der Königin der Finsternis geflogen war. So konnte es wieder sein, wenn er Fustiar diente.

Ihm kam kurz der Gedanke, daß dieser Zustand zu nützlich für den Magier war, als daß er natürlich sein könnte. Aber die Gedanken verflogen, so schnell sie gekommen waren. Der schwarze Drache stieß seinen Kriegsschrei aus, als er die zerfetzten Leichen sah, die über den Hof verstreut lagen. Kaum einer von den Stummen war entkommen, und als die Kampflust den Drachen übermannt hatte, hatte er sogar die Piraten weniger widerwillig getötet als zuvor.

Zweimal kreiste er rein aus Freude, daß er wieder in die Schlacht fliegen durfte, über den Ruinen. Beim drittenmal sah er einen Mann am Kopf der Treppe zum Turm stehen. Er brach seinen Kreis ab und bereitete sich darauf vor, seine Odemwaffe gegen diesen Mann einzusetzen, der an einer Stelle stand, wo niemand stehen durfte.

Gerade noch rechtzeitig erkannte er Fustiar.

Sehr vorsichtig kam der Magier Schritt für Schritt die Treppe herunter. Über der Schulter trug er einen zweiten Frostsplitterer. Der Drache versuchte, sich zu erinnern, ob es noch mehr davon gab. Seiner Meinung nach hatte Fustiar einmal gesagt – wie üblich, als er betrunken war und nicht besonders deutlich sprach –, daß er nur zwei der Riesenäxte mit der vollen Macht hergestellt habe. Nur diese zwei hatten alle Magie gespeichert, die er bei ihrer Erschaffung benutzt hatte.

Einer der Frostsplitterer schien jetzt zerschmettert in dem Turm zu liegen, der wahrscheinlich bald einstürzen und die Eisbruchstücke unter seinen Steinen begraben würde. Fustiar wollte bestimmt von der Küste des Kratergolfs fliehen, damit er einen neuen Unterschlupf und einen neuen Verbündeten suchen konnte, um mit neuen Mitteln weiter an den Frostsplitterern zu arbeiten.

Dazu jedenfalls wollte der schwarze Drache ihn überreden, selbst wenn der Magier etwas anderes vorhaben sollte. Wenn

Fustiar nicht floh, mußte der Drache entweder bleiben und sich mit ihm zusammen Synsagas Zorn stellen, oder er mußte allein fliehen und einen Meister zurücklassen, dem er Treue gelobt hatte. Von letzterem hielt die Drachenkönigin überhaupt nichts.

Aber vielleicht konnte er Fustiar überzeugen, daß er seinen Drachen auf Synsagas ganze Truppe loslassen sollte. Das war ein angenehmer Gedanke, und der schwarze Drache fühlte sein Blut schneller fließen und seine Augen vor Aufregung aus den Höhlen treten. Seine Kampfeswut war noch nicht verraucht, und wenn die Schlacht erst begonnen hatte …

Der Drache landete am Fuß der Treppe, als Fustiar gerade dort angelangt war. Dann streckte er eine Klaue aus, um seinen Meister zu stützen, der unter dem Gewicht der Jahre, des Weines, der Müdigkeit und des Frostsplitterers zu stürzen drohte. Mit der anderen Klaue hob er die tote Wächterkreatur an einem Fuß hoch und warf sie wie eine tote Ratte weit in die Dunkelheit. »Willkommen, mein Freund«, sagte Fustiar laut und in Gemeinsprache. Er hatte den schwarzen Drachen nie nach seinem Namen gefragt, denn der hatte seine Würde soweit bewahrt, daß er solches Wissen nicht einmal einem eingeschworenen Zaubermeister mitteilen würde.

»Gehen wir heute nacht auf Reisen?« fragte der Drache. »Die Burg ist dein, und alle, die dein Vertrauen mißbraucht haben, sind tot oder außerhalb meiner Reichweite geflohen. Soll ich sie verfolgen?«

»Annnnh«, machte Fustiar, was kein Wort war, das der Drache kannte. Er vermutete schon lange, daß es gar kein richtiges Wort war. »Wir gehen nach Süden. Der Frostsplitterer, meine Bücher und ich.«

Da erst sah der schwarze Drache, daß Fustiar sich einen Ledersack über die Schulter geworfen hatte. So wie er ausgebeult war, mußte er voll sein, und wenn er Bücher enthielt, war er sicher schwer.

»Ich habe weder Sattel noch Reitgeschirr«, sagte der Drache. »Vielleicht sollte ich unsere Feinde noch weiter zurücktreiben oder das Lager selbst überfallen. Dann kannst du ein richtiges Geschirr vorbereiten, bis ich zurück bin.«

Das war ein höflicher, aber aussichtsloser Vorschlag, wie der Drache sogleich erfuhr. Fustiar fiel auf Hände und Knie und spie eine Menge aus, das schlimmer stank als die Leichen. Es wäre ein Geschenk der Takhisis gewesen, wenn er auch nur ein Paar Sandalen hätte zuschnüren können.

»Also gut«, sagte der Drache. »Halt still. Ich werde den Frostsplitterer mit der einen Klaue tragen und dich und deinen Sack in die andere nehmen. Aber wir werden nicht weit nach ...«

»Süden«, sagte Fustiar. »S-Süden.«

Das war mit das Sinnvollste, was der schwarze Drache in dieser Nacht gehört hatte. Es würde auch sinnvoll sein, anzuhalten, sobald sie ein Stück vom Kratergolf entfernt waren, damit Fustiar ein Geschirr machen und den Rest des Weins in seinem Körper loswerden konnte.

Von diesem Plan würde er Fustiar allerdings nichts erzählen.

Das letzte Brausen der Drachenschwingen war längst in der Nacht verklungen. Die nächtlichen Geräusche des Dschungels kehrten zurück. Pirvan schlug nach einem Insekt, das an seinem Ohr sirrte, und freute sich wie ein Kind, daß er wieder mit der Linken schlagen konnte.

Dann begann er, ihr Gepäck durchzusehen, um herauszufinden, was davon noch übrig war, nun, da ihr Abenteuer beinahe beendet war. Die Gefahr war wohl noch nicht vorbei – der schwarze Drache oder Synsagas Männer konnten sie noch immer zur Strecke bringen –, aber sie mußten jetzt nur noch am Leben bleiben. Gerik Ginfrayson konnte nicht mehr befreit werden, über Fustiar wußten sie alles, was in Erfahrung zu bringen war, und plötzlich erschien Pirvan das Leben beträchtlich einfacher.

Er wußte, daß das mehr Wunschdenken als Wirklichkeit war. Was Haimya fühlte, wenn sie in sich hineinblickte, wollte er nicht einmal raten, damit er nicht falsch riet und sie tödlich verletzte.

Außerdem würde Hipparans Heilung nicht reichen, um sie am Leben zu erhalten, selbst wenn man sie nicht verfolgte. Sie mußten ein geheimes Lager aufbauen, besser noch mehrere, mußten Fallen für Kleinwild stellen und Angelleinen in den Bergbächen ausbringen, eßbare Wurzeln und Früchte finden und sich darauf vorbereiten, die Ankunft ihrer Freunde abzuwarten. Die allerdings konnten ziemlich lange brauchen, um Haimya und Pirvan in dieser Wildnis zu finden, die verlassen war von allen Göttern, zu denen man beten konnte.

»Pirvan«, sagte Haimya. »Bist du so geheilt, wie du aussiehst?«

»Dasselbe könnte ich dich fragen.«

Sie stellte sich auf ein Bein – das verwundete. Pirvan griff mit seiner linken Hand nach ihrem freien Fuß. Dann drehte sich Haimya und warf damit sich und Pirvan um. Nebeneinander fielen sie auf den matschigen Boden und brachen in Gelächter aus.

»Ich wollte nicht … ich hätte nicht gedacht, daß ich schon wieder lachen kann«, sagte sie. »Nicht so bald. Vergib mir, Gerik.«

Auch wenn du ihn für jedes Niesen um Vergebung bittest, wird dich das nicht heilen, hätte Pirvan am liebsten gesagt. Statt dessen raunte er: »Haimya, ich bleibe dir so fern oder nah, wie du es wünschst. Aber du hast nichts von mir zu befürchten, wenn du mir erlaubst, dir nahe zu sein.«

Haimya blinzelte die Tränen in ihren Augen weg und wischte sich mit dem Handrücken die Nase, so daß sie hinterher ein völlig verschmiertes Gesicht hatte. »Was du nicht gesagt hast, ist, daß wir lieber dicht beieinander bleiben sollten, bis wir den Kratergolf verlassen. Das stimmt. Außerdem stimmt es, daß ich die Soldatin bin, die besser wissen sollte, wie man hier überlebt, als ein Dieb aus der Stadt.«

»Ich habe nicht immer in der Stadt gelebt, aber was den Rest angeht …«

Haimya stand auf. Sie hatte viel von ihrer alten Art wiedergewonnen, auch ihre Sicherheit. »Dann werden wir als erstes die ganze verstreute Ausrüstung einsammeln und uns anschließend verstecken.«

Hipparan sah den schwarzen Drachen vom Turm aufsteigen, lange bevor er erkannte, daß der Drache beladen war. Er sah, daß der andere behindert war, lange bevor er erkannte, daß seine Zähne und Klauen blutig waren. Und er sah das Blut, lange bevor er den Geruch menschlicher Galle bemerkte und feststellte, daß der Drache in einer Klaue Fustiar, in der anderen den Frostsplitterer trug.

»Haben wir Streit?« rief der schwarze Drache. Wenn das eine Herausforderung war, dann war sie so höflich ausgedrückt, daß Hipparan wußte, es stand ihm frei, sie abzulehnen.

Wenn er das tat, würden die einzigen beiden Drachen, die auf der Welt wach waren, nicht gegeneinander kämpfen.

Jedenfalls vorläufig. Aber was war mit später? Der schwarze Drache unterstand einem bösen Zauberer, und der Zauberer würde nicht von seinem Vernichtungswerk ablassen. Die Welt mit Frostsplitterern zu füllen war vielleicht erst die erste seiner Taten.

»Ich habe Streit mit Fustiar, dem Zauberer«, sagte Hipparan. »Soviel bin ich meinen Freunden schuldig, die durch Fustiars Hand gelitten haben.«

»Pah!« fauchte Fustiar. Seine Worte waren nur schwer verständlich, aber das Gift in ihnen weckte in Hipparan den

Wunsch, zurückzuweichen. »Es war gute Arbeit, die Frau von diesem Rüpel zu befreien! Sie hat sich besser geschlagen, als sie weiß, obwohl sie meinen Frostsplitterer ruiniert hat. Jetzt kann sie sich einen anständigen Gefährten suchen. Zeig mir, wo sie ist, kleiner Kupferdrache, und ich werbe um sie. Sie kann an meiner Seite stehen …«

Hipparan schrie gellend auf. Der schwarze Drache zuckte zusammen, ebenso Fustiar. »Nur *ein* Mann hat Anspruch auf Haimya, und der kannst du niemals sein!« brüllte Hipparan. Es war, als ob sein Wutschrei von den Wolken zu den Bergen und wieder zurück geworfen würde.

Er stürzte sich auf Fustiar, noch ehe der schwarze Drache den Kopf senken konnte, um seine Fänge oder seine Odemwaffe zu benutzen – obwohl ein Säurestrom so hoch oben nicht einmal besonders nützlich gewesen wäre. Fustiar zuckte nicht nur zusammen, er wand sich, schrie – und riß sich aus den Klauen des schwarzen Drachen los.

Beide Drachen tauchten dem Fallenden nach. Hipparan war tiefer, und der schwarze Drache mußte sich erst hinunterbeugen, bevor er seinen Meister in der Finsternis verschwinden sah.

Hipparan erreichte Fustiar als erster, und danach spielte es keine Rolle mehr, was der schwarze Drache vielleicht tun würde. Die Kiefer des Kupferdrachen schlossen sich um Fustiars Schädel, und seine Zähne durchbohrten sein Gehirn. Dann machte Hipparan den Mund auf, und eine von Zauberbüchern beschwerte Leiche fiel in die Tiefe, bis sie nicht mehr zu sehen war.

Nun mußte Hipparan scharf ausweichen, um nicht mit dem herabschießenden schwarzen Drachen zusammenzustoßen. Er eröffnete das Gefecht mit den Worten: »Denk daran, mein Streit galt dem, der gleich ein Loch in den Schlamm schlägt, nicht dir, der stark und frei fliegt.«

Der schwarze Drache antwortete mit seiner Odemwaffe.

Der Wind verwehte die Säure, aber schon die paar Tropfen, die Hipparans rechten Flügel trafen, brannten, als wäre er mit der Schwinge in ein Feuer geraten. Er wechselte von der rechten Wende zu einer linken Drehung; da der andere wahrscheinlich von ihm erwarten würde, daß er zur getroffenen Seite hin auswich.

Durch solche Finten zog sich der Kampf zwischen den beiden Drachen so lange hin, daß Hipparan jedes Gefühl für Zeit und Raum verlor. Einmal mußte er nach unten sehen, und er stellte fest, daß sie fast genau über dem See in dem Gipfelkrater des erloschenen Vulkans waren.

Dieser Blick gab ihm neue Sicherheit, hätte aber auch fast den Kampf mit dem Sieg des schwarzen Drachen beendet. Der ältere Drache stieß vor. Seine Zähne kratzten über Hipparans Hals und bohrten ihm fast die Schuppen ins Fleisch. Hipparan klappte seine Flügel ein, und sein natürliches Gewicht riß ihn los. Er ließ die Schwingen zusammengefaltet, bis er sich freigetaucht hatte.

Damit hatte er dem anderen den Vorteil der größeren Höhe verschafft, was nicht gerade das beste Geschenk war, wie Hipparan merkte. Für sein Alter war der schwarze Drache erstaunlich kräftig. Er war so kampferfahren, daß ihm das Gefecht offenbar tatsächlich Spaß machte. Vielleicht hatte er die Rache an seinem Meister im Sinn, aber vor allem wollte er sich einfach gegen einen jüngeren Drachen behaupten.

Hipparan mußte weder sich noch jemand anderem etwas beweisen und hegte nicht den Wunsch, den anderen zu töten, falls er eine andere Wahl hatte – was anscheinend nicht der Fall war. Das und die Angst, den anderen Drachen zu Pirvan und Haimya zu führen, war alles, was Hipparan weiterkämpfen ließ.

Zweimal versuchte er, seine Odemwaffe einzusetzen, doch das Verlangsamungsgas wurde noch gründlicher verweht als der Säurestrom. Der schwarze Drache schlug stetig mit seinen riesigen Flügeln und griff noch immer gezielt mit Zähnen und Klauen an.

Welcher von beiden sich zuerst übernehmen würde, konnten nur die Götter wissen. Hipparan erinnerte sich undeutlich an die gefährliche Kunst des Flügelbeißens, die den Gegner verkrüppelte, aber nicht tötete. Der schwarze Drache erinnerte sich, daß er noch eine andere Waffe hatte, ein Erbe von seinem toten Meister. Hipparan wollte seine Kunst einsetzen, der schwarze Drache seine Treue zeigen.

So schoß Hipparan zu dem schwarzen Drachen hoch und griff seinen einen Flügel an, doch der andere Drache drehte sich auf den Rücken und schwang mit beiden Vorderklauen den Frostsplitterer. Hipparan Zähne bohrten sich in dem Augenblick in den linken Flügel des schwarzen Drachens, als die Kante des Frostsplitterers in Hipparans Schädel eindrang.

Hipparan starb, ohne zu wissen, daß er in Gefahr war, denn die in den Frostsplitterer eingewebten Sprüche durchdrangen seine eigene Magie ebenso leicht wie ihre faßbare Hülle seinen Schädel durchdrungen hatte. Der schwarze Drache lebte noch etwas länger – lange genug, um zu erkennen, daß die Zähne seines toten Gegners sich in seinen Flügel verbissen hatten und daß sie beide vom Himmel in den See stürzten.

Das letzte, was der schwarze Drache spürte, war der Aufprall in das, was Wasser sein sollte, sich aber wie Stein anfühlte – kalter Stein, für ein Wesen der nassen, warmen Wälder so abstoßend wie schmerzhaft.

Pirvan und Haimya hatten ihre Kräfte weitgehend damit verbraucht, ein Versteck zu finden. Sie hatten noch gar nicht gemerkt, daß dieses ihnen einen guten Blick über den Fluß auf den erloschenen Vulkan bot. Jedenfalls nicht, bis das Luftduell der Drachen begann. Als sie das sahen, eilten sie aus ihrer Deckung an einen Ort, von dem aus sie zusehen konnten.

Pirvan hätte für Hipparans Sieg ein Weltreich hingegeben,

ein Königreich für die Möglichkeit, dem Freund beizustehen, und eine ansehnliche Baronie, um Haimya den Anblick vom Tod des Drachen zu ersparen. Dem einzigen Menschen, den er liebte, sollte heute nacht weiterer Schmerz erspart bleiben.

Dem einzigen Menschen, den ich liebe.

Das wiederholte er innerlich so oft, daß er schon fürchtete, er würde es laut sagen und damit sein Versprechen brechen, soviel Abstand zu halten, wie Haimya es wünschte. Er hatte gerade die Lippen zusammengepreßt, als der Kampf seinen grausigen Höhepunkt erreichte.

Beide Drachen leuchteten bei ihrem Todessturz, so daß die Zuschauer sie den ganzen Weg vom Himmel in den See mit den Augen verfolgen konnten. Dann sahen sie ein Leuchten aus dem See, welches das letzte Licht der Drachen so armselig wie ein Glühwürmchen erscheinen ließ. Ein gleißender blauer Schein quoll über den Rand des Kraters, und blauer Nebel stieg daraus auf, als ob der Kater siedete. Dann fühlte Pirvan einen kalten Windhauch, der einen Herzschlag zuvor noch nicht dagewesen war, und er wußte, was geschehen war.

Der See siedete nicht, er gefror. Einer der Drachen mußte einen Frostsplitterer getragen haben. Oder vielleicht hatte Fustiar einen Zauber gesprochen, und der Kratersee verwandelte sich in Eis.

Und Eis dehnte sich aus. Wenn der See sich ausdehnte, würde er die Kraterwände nach außen drücken. Wenn er sie weit genug drückte …

Haimya warf den Kopf zurück und schleuderte einen Klageschrei in den Himmel, die Berge, den Dschungel, vielleicht in Richtung der Götter. Eine Göttin, die den Tod ihres sterblichen Geliebten betrauerte, hätte keinen erschütternderen Schrei ausstoßen können.

Pirvan stand still und stumm da. Er konnte Haimya jetzt ebensowenig berühren oder ansprechen, wie er jede Göttin hätte belästigen dürfen.

Sie legte einen Pfeil auf und schoß ihn zu den Sternen empor. Pirvan kam es so vor, als ob er außer Sichtweite stieg, ehe er wieder fiel – falls er überhaupt fiel.

Haimya klagte erneut, und diesmal klagte sie solange weiter, bis sie kein Ton mehr herausbrachte und Pirvan sie schließlich stützen mußte.

Sie wandte sich von dem Vulkan ab, als sie von dort das Grollen eines Berges vernahmen, der auseinanderbrach. Es hörte sich an wie das Grollen eines wutentbrannten Gottes.

Kapitel 10

Pirvan stieg aus dem Fluß und zog seinen Lendenschurz aus ungegerbtem Leder an. »Ich muß die Leinen aufspleißen, bevor ich sie auswerfe«, rief er Haimya zu. »Du kannst also baden, solange du willst.«

»Danke«, rief sie über die Schulter. »Meinst du, wir können versuchen, Seife zu machen, sobald wir die Fischfalle fertig haben?«

Ohne auf eine Antwort zu warten, legte sie ihre Kleidung ab, die aus einem Lendenschurz bestand, der Pirvans ähnelte, und aus einem Lederstreifen, den sie sich um den Leib gebunden hatte. Dann rannte sie zum Fluß hinunter. Sie hatte eine zerzauste rötliche Lockenmähne, und ihre Haut war durch die Sonne, Schmutz und Schweiß fast so dunkel wie die von Jemar dem Schönen. Sie hatte schmalere Hüften, als Pirvan je an ihr gesehen hatte, und er hielt sie für die schönste Frau der Welt.

Pirvan selbst hatte schon zu Beginn eine dunklere Haut und dunklere Haare gehabt, so daß der knappe Monat, den sie in der Wildnis verbracht hatten, sein Aussehen nicht so stark verändert hatte. Er hatte abgenommen, obwohl bei ihm nicht viel zu holen war, sein Arm schmerzte bei feuchtem Wetter immer noch (also die meiste Zeit), und er hatte sich noch nie im Leben so wohl gefühlt.

Als Haimya mit einem anmutigen Kopfsprung in den grünen Fluß tauchte und eine silbrige Wasserfontäne aufspritzen ließ, wandte er sich ab. Keiner von beiden scherte sich um den

»richtigen« Abstand, denn sie mußten überleben, aber zuzeiten legte sich ein Schleier der Trauer über Haimyas Augen oder über ihr Gesicht. Pirvan respektierte solche Momente und hielt seine Augen und seine Gedanken im Zaum.

Gerik hatte bei Haimya eine Lücke hinterlassen. Es war gut möglich, daß diese nie wieder zu füllen war. Das lag nicht daran, daß sie durch eine große, unsterbliche Liebe verbunden gewesen wären, sondern daran, daß Haimya es sich nicht vergeben konnte, Gerik aus Unachtsamkeit getötet zu haben. Geriks Tod hatte sie ein Teil ihres Ehrgefühls gekostet, und nur die Zeit – wenn überhaupt etwas – konnte das heilen.

Pirvan hingegen wußte genau, was er sich vom Leben wünschte. In seinem Inneren gab es einen Platz, der nie ausgefüllt werden würde, wenn Haimya ihn nicht füllte – ob sie das nun im nächsten Jahr tat oder erst in fünfzig Jahren, wenn sie einander nur noch pflegen konnten.

Der Pfad flußabwärts gabelte sich. Pirvan merkte erst, daß er den rechten Weg genommen hatte, als er den auseinandergebrochenen Berg sah, dessen halber Kegel jetzt verschwunden war, um die meisten von Synsagas Männern zu ertränken und die meisten seiner Schiffe zu Feuerholz zu zerschmettern.

Das Flußtal war unten an vielen Stellen noch kahl und grau. Die Wellen mußten einen Gutteil des Ufers bis auf den blanken Felsen mitgerissen haben. Eine derartige Naturgewalt erklärte wahrscheinlich auch, weshalb Pirvan und Haimya seit der Nacht, in der der Berg auseinandergeborsten war, keine Menschenseele gesehen oder gehört hatten.

Es war der linke Pfad, den Pirvan eigentlich hatte einschlagen wollen, denn der führte zu dem hohlen Baum, an dem sie ihr Feuer hatten. Indem sie kochten, soviel sie essen konnten, und den Rest räucherten, bekamen sie genügend Fleisch und Fisch, obwohl ihre Nahrung hauptsächlich aus Nüssen, Wurzeln, Früchten und sogar eßbaren Maden bestand. Pirvan hatte nicht geglaubt, daß eine bestimmte Nußsorte, eine süße

Wurzel und geräucherte Maden eine gute Mahlzeit abgeben konnten, aber Haimya hatte ihn eines Besseren belehrt.

Er wollte gerade zur Gabelung zurückkehren, als ein Mann auf den Pfad trat. Pirvan hatte einen Speer dabei – der Bogen war bei Haimya, falls sie sich verteidigen oder einen Fisch erlegen mußte. Die Waffe lag wurfbereit in seiner Hand, bevor er mehr wußte, als daß dort ein Mann stand, wo keiner sein sollte.

Dann lachte der Mann, und Pirvan erkannte ihn.

»Bruder Grimsor! Du hast eine ganze Menge über das Anschleichen gelernt, seit wir uns das letzte Mal begegnet sind. Ich habe nicht einen Schritt gehört.«

»Du hast wohl vergessen, wie man richtig lauscht, Bruder Pirvan«, erwiderte der große Mann. Er sah wettergegerbter und behaarter aus als sonst, aber er war gut genährt und steckte in der Kleidung und Rüstung eines Seebarbaren. Sein Schwert jedoch war das alte Familienerbstück.

»Sei dennoch gegrüßt«, sagte Pirvan. »Ich nehme an, ich kann nicht hoffen, daß du allein hier bist?«

»Hier auf dem Pfad schon, aber der Rest meiner Gruppe ist unten am Fuß des Berges. Nachdem wir die letzten von Synsagas Piraten ausgeräuchert hatten, alle, die nicht bei der Flut umgekommen oder auf den übriggebliebenen Schiffen geflohen waren, teilten wir unsere Landmannschaft auf und begannen, gezielt nach euch zu suchen ...«

»Seit wann seid ihr hier?«

»Warum gehen wir nicht zum Lager zurück?« schlug Grimsor vor. »Du erzählst mir deine Geschichte von Anfang an und ich dir meine.«

Das war das Sinnvollste, auch wenn Pirvan darauf brannte, zu erfahren, wie es der *Goldenen Tasse* ergangen war. Die Kleider der Seebarbaren sprachen dafür, daß Jemar der Schöne wieder seine Finger im Spiel gehabt hatte, und Grimsor wäre niedergeschlagen, wenn Eskaia oder Tarothin tot wären, aber ansonsten konnte Pirvan nur mutmaßen.

Die beiden Männer erreichten die Gabelung genau in dem Moment, als Haimya den Hang heraufkam. Sie war nur mit Sonnenlicht und Wassertropfen bekleidet, und Grimsor wurde tatsächlich rot und wandte den Kopf ab. »Tut mit leid, daß ich gekommen bin, um euch in die Welt zurückzuholen«, murmelte er laut genug, daß Haimya ihn hören konnte. Prompt las sie einen Stock auf und warf damit nach ihm. Der Stock prallte von Grimsors Helm ab.

»Was zum ...?« knurrte der große Mann.

»Es ist nicht so, wie du denkst«, sagte Pirvan. »Und jetzt entschuldige dich bei der Dame, sonst trifft sie dich mit einem größeren Stock an einer wichtigeren Stelle als deinem Kopf.«

»Ich flehe Euch an, vergebt mir!« sagte Grimsor. Sein Gesicht war nicht ganz ernst dabei, aber wenigstens sah er anderswohin, während Haimya sich anzog.

»Gewährt.« Sie fuhr sich mit den Fingern durch das Haar, was noch mehr zerzauste als zuvor. »Wenn wir nachher von hier verschwinden, gibt es keinen Grund, schlechte Gastgeber zu sein. Wir haben Essen für alle deine Kameraden und sogar für dich, selbst wenn du noch mehr ißt als früher.«

»Danke, aber wir leben von dem, was die Gegend bietet, seit wir an Land gegangen sind. Allmählich sehne ich mich wieder nach anständigem Pökelfleisch und Schiffszwieback.«

Pirvan und Haimya wechselten einen Blick, der besagte, daß Grimsor verrückt war, und liefen los, um das wenige zu holen, das sie nicht zurücklassen wollten.

Nur der geborstene Berg, wo die beiden Drachen gestorben waren, erhob sich jetzt über die Nebel des Kratergolfs. Jemar wandte sich vom Strand ab und musterte sein Geschwader.

Sie kamen in Schlachtformation aus dem Golf, mit vollen Segeln, um den ablandigen Wind auszunutzen und die Kräfte der Männer für Kämpfe zu schonen, die noch kommen mochten. Jemar glaubte aber nicht, daß da eine große Gefahr bestand. Minotauren würden um diese Gewässer einen weiten Bogen machen, genau wie die drei Schiffe von Synsaga, die die Flutwelle nach dem Auseinanderbrechen des Berges überlebt hatten. Ein paar der halbverhungerten Matrosen, die von Jemars Landetrupps aufgespürt worden waren, sprachen von einem vierten Schiff, und zweifellos hatte es auch noch ein paar kühne Seelen gegeben, die in kleinen Booten in den Tod gezogen waren.

Sowohl das Abenteuer als auch die Kämpfe waren vorüber. Was blieb, waren hauptsächlich Angelegenheiten, die man besser den Geschichtsschreibern überließ, und am Rest konnte Jemar kaum etwas tun. Nun, er hätte höchstens für Pirvan und Haimya beten können, falls er sicher gewesen wäre, an wen er diese Gebete richten sollte!

Eine Angelegenheit war ihm sehr wichtig und mußte daher von ihm geregelt werden. Er hatte seinen Kapitänsstuhl an Deck bringen lassen und dann einen Boten mit der Nachricht losgeschickt, daß er mit Lady Eskaia sprechen wollte und warten würde, bis es ihr genehm war. Statt dessen sah er gleich darauf Eskaia auf sich zukommen.

Sie trug ein Seebarbarengewand mit einer leichten Jacke über ihrem Hemd. Jemar fragte sich, ob sie eine der tief ausgeschnittenen Tunikas darunter trug, die sie einen oder zwei Tage lang bevorzugt hatte, bis ihr Sonnenbrand sie eines Besseren belehrt hatte.

Er würde sie vermissen, wie er das nie von einer Frau erwartet hatte, und Shilriya würde ihn damit aufziehen, selbst wenn Eskaia das Angebot annahm, das er ihr gleich machen würde. Aber er hatte sich als Verlobter keinerlei Rechte herausgenommen, so daß ihn nichts daran hinderte, Eskaia aus einem Versprechen zu entlassen, das sie ehrte, das er aber nicht guten Gewissens annehmen konnte.

»Ich glaube, ich wollte dich ebensogern sehen wie du mich«, sagte sie. Da es nur einen einzigen Stuhl gab, setzte sie sich auf das Deck, mit gekreuzten Beinen und so viel Gelassenheit in ihrer Haltung, als führe sie schon seit Jahren zur See. Jemar mußte kurz den Blick abwenden, damit er die Fassung bewahren und sprechen konnte.

»Herrin – nein, laßt mich diesen Titel verwenden, bis ich gesagt habe, was ich sagen möchte –, Ihr habt mir ein äußerst großzügiges Angebot gemacht, falls ich meine Schiffe nach Süden führe, um Eure Freunde zu retten. Das habe ich getan. Sie sind so sicher, wie sie nur sein können, jedenfalls körperlich. Ihre Seele … das liegt in den Händen der Götter. Aber ich habe meinen Teil der Abmachung erfüllt. Was ich sagen will … was ich sagen muß …«

Er holte tief Luft. »Ich werde nicht darauf bestehen, daß Ihr Euren Teil dieses Abkommens einhaltet. Ihr könnt frei nach Istar zurückkehren, ohne jede Verpflichtung mir gegenüber jetzt oder in Zukunft.«

Ein Schweigen legte sich über das Meer, in dem selbst das Knarren der Planken und das leise Stöhnen des Windes in der Rigg gedämpft waren und lauschten. Eskaia blickte auf, und Jemar sah, daß sie Tränen in den Augen hatte.

»Ist das … ein Befehl?« Das letzte Wort war fast ein Schluchzen.

»Nein. Es ist … ein Geschenk, könnte man sagen … wenn Ihr es annehmen wollt.« Sie stand auf, kam zu ihm und setzte sich auf seinen Schoß. Anstatt ihn zu umarmen, verschränkte sie die Arme vor der Brust.

»Nun, ich nehme das Geschenk nicht an. Was ich will, ist, daß wir den Handel zu Ende bringen. Jemar, muß ich vor dir niederknien und dich anbetteln, mich zu heiraten?«

Jemar brauchte eine Weile, um sie mit Händen und Lippen vom Gegenteil zu überzeugen, da die Worte nicht kommen wollten. Nach dem dritten Kuß stand er auf, als er sah, daß sie Gesellschaft hatten.

»Tarothin! Zauberer, was tust du hier?«

»Äh … ich bin an Deck gekommen und …« Er holte tief Luft. »Ich dachte, ich würde vielleicht gebraucht, um einen von euch davon abzuhalten, den anderen über Bord zu werfen.«

»Wenn hier jemand über Bord geworfen wird, Tarothin, dann bist du das«, erklärte Eskaia mit Nachdruck.

»Das verbiete ich«, sagte Jemar.

»Wer bist du, daß du mir verbieten …?« setzte Eskaia an, dann lachte sie. »Offenbar haben wir gerade den ersten Krach.« Die Männer fielen in ihr Gelächter ein.

»Ich glaube, jetzt kann ich dieser Ehe meinen Segen geben«, sagte Tarothin. »Eskaia, ich werde den Verlust der guten Klerikerin bedauern, die du hättest werden können. Aber ich nehme an, als Piratenfrau …«

»Gemahlin eines Seebarbaren«, sagte das Paar wie aus einem Mund.

»Gemahlin eines Seebarbaren wirst du eine noch größere Meisterschaft erringen denn als Klerikerin. Obwohl ich immer noch nicht überzeugt bin, ob diese Heirat den Segen deines Vaters erhalten wird.«

»Natürlich wird er sie segnen, wenn wir in Istar oder an einem Ort, wo er ihr beiwohnen kann, eine zweite Zeremonie abhalten«, sagte Eskaia. »Und er wird sie noch viele Male preisen, wenn Jemars Schiffe die des Hauses Encuintras vor Piraten und räuberischen Minotauren schützen.«

»Und wann soll das losgehen?« fragte Jemar mit hochgezogenen Augenbrauen, während er darum kämpfte, einen neuen Lachanfall zu unterdrücken.

»Sobald die Ehe vollzogen ist«, antwortete Eskaia geziert, »und danach, solange wir beide leben.«

»Ich hatte nicht erwartet, deine Mitgift zu bekommen«, sagte Jemar. »Aber ich hatte auch nicht an einen Brautpreis gedacht.«

»Du hast über vieles nicht nachgedacht«, sagte Eskaia.

»Aber soweit ich weiß, ist das normal, wenn ein Mann sich nach einer Frau verzehrt.«

Jemar küßte sie leicht auf die Stirn, dann streichelte er ihre Wangen mit den Fingerspitzen. »War es so offensichtlich?«

»Selbst eine unbescholtene Jungfrau wie ich konnte das feststellen, mein Schatz«, sagte sie sanft.

Dann lachten sie beide, weil Tarothin rot wurde. Ihr Gelächter erstarb, als sie hinter ihm zum Bug blickten, wo Haimyas schlanke Gestalt stand. Ihr rotgoldener Haarschopf wurde vom Wind zerzaust.

Eine noch schmalere, dunklere Gestalt schob sich auf sie zu. Jemar und Eskaia sahen einander wieder an, dann traten sie beide zu Tarothin, drehten ihn um und schoben ihn mittschiffs zur Kabine.

Pirvan schlüpfte neben Haimya und blickte über die Bugwelle, die über den Rammsporn schlug, hinaus auf den endlosen Horizont des Meeres. Vielleicht war der Ozean doch nicht so schlecht, solange er so gutmütig blieb. Aber die Erinnerung an seine anderen Launen würde jedesmal bei ihm sein, wenn er Salzwasser roch.

»Das sieht nicht aus wie ein Lebewohl«, sagte Haimya nachdenklich.

Pirvan fragte sich kurz, was sie meinte, dann drehte er sich nach Jemar und Eskaia um, die sich in den Armen lagen. »Jetzt noch weniger.«

»Das hatte ich erwartet. Und erhofft.«

»Was hast du jetzt vor?« fragte Pirvan.

Haimya zuckte mit den Schultern. »Ich könnte natürlich unter Jemar dienen. Wenn ich mich als Kriegerin seinen Seebarbaren anschließe, wäre das ein besseres Schicksal als manches andere, das mir bevorstehen könnte. Er könnte es sogar als Teil seines Geschenks an Eskaia ansehen, mir eine Mitgift und einen Ehemann zu besorgen.«

Pirvan kamen zahlreiche Fragen in den Kopf; er ließ keine bis auf seine Lippen dringen.

»Ich fürchte, ein solches Geschenk kann ich nicht annehmen«, sagte Haimya. »Ich habe mir das meiste, was ich besitze, fair erworben. Es ist nicht schlimm, wenn ich das wieder tue. Kehrst du nach Istar zurück?«

»Vielleicht, aber wenn, dann nicht für lange. Wie schon gesagt, vielleicht gebe ich das Nachtwerk auf. Wahrscheinlich habe ich auch gar keine andere Wahl. Mich kennen jetzt viele in Istar, die es sich nicht leisten können, einen ... wenn auch höchst anständigen ... Dieb zu dulden.«

»Ich habe gefragt, weil Gerik Verwandte in Istar hat. Zumindest eine Schwester, die mit einem Kaufmannssohn verheiratet ist, und ich glaube, sie haben Kinder.«

»Das Haus Encuintras kann mehr für sie tun als ich«, erinnerte Pirvan sie.

»Wenn sie es wünschen. Eskaia würde dafür sorgen, daß sie es wünschen, falls sie nach Istar zurückkehren würde. Aber sie sieht die Stadt vielleicht nie wieder. Außerdem war keiner vom Hause Encuintras dabei, als Gerik starb.«

Pirvan verstand, worauf sie hinauswollte. Haimya fürchtete sich davor, Geriks Verwandten gegenüberzustehen, da sie selbst sein Blut an ihren Händen sah. Zum ersten Mal erlebte er mit, daß sie vor einer Auseinandersetzung davonrannte – und an ihrer Stelle hätte er dasselbe gemacht.

»Was ich tun kann, soll getan werden«, sagte er. Er legte seine Hand auf ihre. »Ich fürchte auch, daß es für uns Zeit wird, Abschied zu nehmen.«

Sie hob eine Hand und legte sie auf seine. Als sie ihn ansah, war ihr Gesicht eine Maske – bis auf die Augen. »Ja, vorläufig ist es das beste, wenn du viel Abstand hältst. Aber nicht so viel, mein Freund, daß ich dich nicht wiederfinde, wenn ich dich wiedersehen will.«

Kapitel 11

Es ging das Gerücht, daß an hohen Stellen im Hause Encuintras Heulen und Zähneknirschen herrschten, als Eskaias »verrückte Laune« (wie eine Frau es angeblich genannt hatte) allgemein bekannt wurde.

Es ging außerdem das Gerücht, Eskaias Vater habe den Heulern und Zähneknirschern zugesehen, wie eine Katze die Mäuse beim Spielen beobachtet, und habe dann angesichts »dieses krankhaften Unsinns« (wie er es angeblich genannt hatte) kräftig mit der Faust auf den Tisch gehauen. Er hatte nur auf eine günstige Gelegenheit gewartet, gewisse Personen zu beseitigen, genau wie sie auf eine Gelegenheit gewartet hatten, ihn zu beseitigen. Jetzt erlaubte ihr Verhalten ihm, als erster zuzuschlagen.

Es lag viel Wahrheit in diesen Geschichten, und es dauerte eine ganze Weile, bis die Frage nach Eskaias Mitgift und den Belohnungen für die anderen Abenteurer geregelt war. Als es soweit war, fielen die Abmachungen mehr als großzügig aus.

Es wurde eine Summe ausgezahlt, die Eskaias Mitgift entsprach, jedoch nicht ausschließlich an Jemar. Er erhielt den kleineren Teil, Eskaia den größeren – mit strengen rechtlichen Hürden dagegen, daß Jemar es je bekam. Ein neues Schiff wurde gebaut, um die *Goldene Tasse* zu ersetzten, und Kurulus zu seinem Kapitän ernannt, und man verzeichnete reichlich großzügige Gaben in den Chroniken der Stadt oder zumindest denen des Hauses Encuintras.

Pirvan erhielt eine großzügige Summe, mehr Geld, als er

wahrscheinlich von dem Hehler für den Verkauf aller Rubine bekommen hätte. Einen Teil davon schenkte er Geriks Schwester, wobei er seine Diebesfähigkeiten einsetzte, um sicherzugehen, daß ihr Ehemann nichts davon erfuhr, denn der war zu ehrbar, um solches »schmutziges Silber« anzunehmen.

Dann verließ er Istar, noch bevor Jemar und seine Braut die Pier der Stadt ansteuerten und eine zweite, grandiose Hochzeit feierten. Pirvan bedauerte es, dieses Ereignis zu versäumen, aber er war gewarnt worden, daß er aus Istar verschwinden müßte, weil er nun bekannt war.

Fünf Jahre mindestens, so lautete die Warnung, und am Ende dieser Zeit vielleicht volle Begnadigung. Ansonsten würde er in der Arena oder gar auf dem Schafott enden; bestenfalls konnte er sich die Freiheit erkaufen, indem er die Geheimnisse der Diebe preisgab.

Noch in derselben Nacht verschwand Pirvan aus Istar, damit dieser drohende Verrat ihn nicht zu einem Verbrechen hinreißen konnte. Er beschloß auch, kampflos abzutreten, falls ihn Verfolger einholten, anstatt den Ruf ihres Unternehmens über Jahre zu beflecken.

Es hatte in Istar Leute gegeben, die ihm zugute hielten, daß er und Haimya Synsagas Piraten ausgeschaltet hatten – zum Vorteil von Istar und jeder anderen Handelsstadt. Aber diese Stimmen schienen weniger zahlreich zu sein als diejenigen, die nur soweit sahen, daß sie einem Dieb das Handwerk legen und vielleicht die Geheimnisse seiner Brüder und Schwestern des Nachtwerks erfahren konnten.

Das Haus Encuintras war einflußreich, jedoch nicht allmächtig. Also tat Pirvan das eine, was ihm noch blieb, nämlich sich aus Istar in Sicherheit zu bringen – und die lag nur wenige Tagesritte von der Stadt entfernt.

Er verschwand so rasch, daß er nicht erfuhr, was aus Haimya geworden war, und es tat ihm hauptsächlich ihretwegen leid, daß er die Hochzeit verpaßte.

Es beruhigte ihn wenig, als Grimsor in jenem Herbst den Weg zu dem Dorf fand, wo Pirvan lebte, und erzählte, daß auch Haimya nicht zur Hochzeit gekommen war.

»Oder, wenn sie da war, dann so gut verkleidet, daß nicht einmal ein Mann, der alles von ihr gesehen hat …«

»Meine Gastfreundschaft hat ihre Grenzen, Bruder Grimsor.«

»Oh, Verzeihung. Aber da hast du dir wirklich etwas entgehen lassen, das sage ich dir.«

»Und ich sage dir, daß du deine Zunge hüten solltest, wenn du nichts Sinnvolleres über Haimya zu sagen hast.«

Danach dauerte es seine Weile, ehe der beleidigte Grimsor wieder redete, aber guter Wein und ein noch besserer Eintopf im Dorfgasthof brachten seine gute Laune zurück. Während er zusah, wie die Knechte das Pferd fertig machten, das ihn nach Istar zu seinem Schiff zurückbringen sollte, klopfte er Pirvan auf den Rücken. »Bruder, Istar bleibt dir vielleicht für fünf Jahre verschlossen, aber das ist kein Grund, die ganze Zeit in diesem Kaff zu verbringen. Oder hast du ein Auge auf das Mädchen in der Taverne geworfen? Ich würde sagen, ihre roten Haare sind nicht ganz echt, aber …«

Pirvan verpaßte seinem älteren Kameraden einen leichten Rippenstoß. »Geh zum Heiler, wenn du wieder in der Stadt bist, mein Freund. Deine Zunge macht sich fast selbständig, wann immer die Rede auf Frauen kommt.«

»Also wartest du auf Haimya?« fragte Grimsor Einauge.

»Ja, verdammt! Aber wenn du diese Nachricht überall zu Land und zur See verbreiten solltest, werde ich dich finden, dir die Zunge und andere Körperteile abschneiden und sie vor deinen Augen verbrennen.«

»Meine Lippen sind versiegelt.«

»Ich sorge mich nur um deine Zunge, Grimsor.« Pirvan zögerte, denn er dachte an Haimyas Ermahnung, daß sie in der Lage sein sollte, ihn zu finden, wenn sie das wollte. Er hatte gehofft, ihr »wenn« hieße »sobald«, doch diese Hoffnung wurde immer kleiner.

Aber vielleicht sollte er sie noch nicht aufgeben.

»Ich befürchte immer noch Verrat aus Istar«, sagte er, »aber wenn die Seebarbaren – jedenfalls die, die Jemar freundlich gesonnen sind – und die Brüder und Schwestern wissen, wo ich bin – das dürfte nichts schaden.«

»Vielleicht hilft es sogar«, sagte Grimsor leise, ging aber dann dazu über, den Stallburschen zu beschimpfen, weil er dem Pferd nicht das Trinkwasser angewärmt hatte.

Pirvan hatte sich einen Landsitz gleich außerhalb des Dorfes gekauft. Es gehörten ein paar Felder und ein großer Nutzgarten dazu, und wenn der Frühling kam, würde er Arbeiter anheuern, Saat kaufen und einen Pflug mieten. Er war bis jetzt nicht so freigiebig gewesen, daß man einen geheimen Schatz bei ihm vermuten konnte; wenn er im nächsten Jahr nichts tat, was ihm Silber einbrachte, würde sich das ändern.

Vorläufig kam er ganz gut allein zurecht. Er wurde nur von einem älteren Diener unterstützt, der in der Scheune schlief, falls er nicht soviel getrunken hatte, daß er nicht mehr so weit kam. Pirvan hatte sich daran gewöhnt, dem alten Mann hinterherzuputzen; wenn er nüchtern war, arbeitete er gut genug, und er hatte es nicht verdient, mit dem Gesicht nach unten in einer Schlammpfütze zu enden. Immerhin würde er keine bösen Drachen und verhexten Frostsplitterer auf die Menschheit loslassen, ganz gleich, wieviel er trank.

Der Herbst war dem Winter gewichen, und die Straßen verwandelten sich in eisige Rutschbahnen, sofern sie nicht eisenharte Furchen waren. Jetzt blies der Wind, ohne tote Blätter vor sich herzutreiben, gegen die Fensterläden. Pirvan und sein Diener hatten die Risse im Holz soweit gestopft, daß keine kalte Luft mehr hereindrang und die Suppe abkühlte oder Pirvan weckte, bevor die Hähne der Nachbarn krähten.

Der Diener war nun fort. Er hatte seine Decke und ein Bündel mit Brot, Hartkäse und einem Hähnchenschenkel mitgenommen, der noch vom Abendessen übrig war. Pirvan saß mit einem Becher Wein im Schoß auf der Bank vor dem Kamin.

Es war guter Wein – dieses Dorf lebte davon, für die Winzer der Gegend die Fässer zu bauen –, aber es hätte auch Essig sein können, so wenig konnte Pirvan ihn genießen. Er war versucht, ihn ins Feuer zu kippen, fürchtete aber, das würde die Flammen löschen. Dann stand ihm eine kalte Nacht bevor, oder er mußte das feuchte Holz neu entzünden.

Ich sollte morgen lieber mal das Feuerholz und den Zunder zählen, dachte er.

Insgeheim hoffte er, daß sie nicht mehr viel davon besaßen, selbst wenn es daran lag, daß die Nachbarjungen wieder gestohlen hatten. Einen Tag lang Holz zu hacken, war so ungefähr die einzige Bewegung, die er dieser Tage hatte, und es ermöglichte ihm, gut zu essen, ruhig zu schlafen und zu vergessen, wie allein er war.

Er setzte den Becher auf den grob behauenen Tisch, der bei seinem Einzug das einzige Möbelstück in dem Haus gewesen war. Es würde eine angenehme Abwechslung sein, heute nacht im Wohnraum vor dem Feuer zu schlafen. Das Schlafzimmer war kleiner und mit seinem eigenen Kamin leicht zu heizen, aber Pirvan hatte es satt, beim Aufwachen immer dasselbe Muster von Rissen in der Wand vor Augen zu haben.

Er hatte gerade Matratze, Decken und Felle auf dem Boden ausgebreitet, als er ein Klopfen an der Tür vernahm. Wahrscheinlich kam der Alte zurück und hatte vor, den Weinkeller zu berauben – jeder Becher, den er trank, war einer weniger, den Pirvan herunterkippen konnte.

Die Gestalt in der Tür war nicht der alte Mann. Sie war größer, weniger gebeugt und hatte ein junges Gesicht, das von einer grauen Mantelkapuze verdeckt wurde. Die graue Wolle des Mantels mußte mehr gekostet haben als ein Jahreslohn für den alten Mann – und Pirvan zahlte ihm einen sehr guten Lohn.

»Guten Abend, Reisender«, sagte Pirvan. »Wenn Ihr Euch verirrt habt, kann ich Euch den Weg zum Dorf zeigen. Das Gasthaus dort ist behaglicher als alles, was ich anbieten kann, doch in einer Nacht wie dieser würde ich niemanden abweisen.«

»Gut«, sagte der Reisende und warf die Kapuze zurück.

»Haimya!«

Pirvans Arme erhoben sich wie von selbst, doch er zwang sie nach unten. Die Frau trat vor. »Freust du dich nicht, mich zu sehen?«

Das war eine Frage, ungekünstelt wie von einem Kind, aber Pirvan hörte Tiefen darin, die kein Kind vermitteln konnte.

Wenigstens kannten seine Arme die Antwort. Er umarmte Haimya, fühlte die feuchte Kühle ihres Mantels, unter dem eine Wärme steckte, die glühte wie Kohlen in einer Schneewehe.

Er traute sich nicht zu sprechen. Er traute nicht einmal seinen eigenen Sinnen. Es konnte nicht sein, daß Haimya da war, und wenn es doch so war, würde es gleich vorüber sein, und er würde im Wind der offenen Tür stehen, ein Nichts umarmen und wie ein Idiot aussehen.

Ohne sich aus seiner Umarmung zu lösen, streckte Haimya einen Fuß nach hinten aus und stieß die Tür zu. Als sie ihr Gleichgewicht wiederhatte, umschlang sie Pirvan fester und küßte ihn. »Pirvan, du ... wir haben lange genug Abstand gehalten. Außer, wenn du das anders siehst.«

Das tat Pirvan nicht. Jetzt sandten Körper und Kopf ihm die Botschaft, daß dieser Moment wirklich stattfand; er mußte ihn festhalten und andauern lassen, am besten sein Leben lang.

Er hoffte, daß Haimya für immer bei ihm bleiben würde. Außerdem hätte er sie auch nicht weggeschickt, wenn er daran gezweifelt hätte, was nach der heutigen Nacht kam. Ein Blick in ihre Augen – es war dasselbe klare Blau wie immer – verriet ihm, daß er lieber selber sterben, als eine solche Wunde schlagen sollte.

»Nein, Haimya. Laß uns dicht beieinander bleiben.«

Sie schluckte. »Dann hilf mir aus meinem ... Mantel.«

Die Hilfe endete nicht bei ihrem Mantel oder seiner Tunika, und bald standen sie auch nicht mehr aufrecht.

»Warum warst du nicht auf Eskaias Hochzeit?« fragte Pirvan. Er mußte die Frage dreimal stellen, weil sein Mund teilweise von Haimyas Haaren verdeckt war. Sie trug es länger, als er es je bei ihr gesehen hatte, und wenn er mit den Händen hindurchfuhr, bescherte ihm das alle möglichen neuen, wunderbaren Erfahrungen.

»Ich war dort, aber nicht bei der öffentlichen Zeremonie. Eskaia hat es verstanden.«

»Das hoffe ich. Darf ich fragen, wo du danach gewesen bist?«

»An verschiedenen Orten. Vor allem in Karthay. Du weißt doch, meine Mutter kam aus Karthay. Es waren Familienangelegenheiten, die ich zu lange aufgeschoben hatte, obwohl Eskaia auch gern einen Verwalter des Hauses Encuintras hingeschickt hätte, um die Dinge zu regeln. Ich nehme an, ich war zu stolz, ihre Hilfe anzunehmen. Also habe ich am Ende fast alles allein gemacht und unterwegs eine ganze Menge von meinem Lohn für das Abenteuer ausgegeben.«

Pirvan nahm sie fest in die Arme. Sie legte ihm ein Hand über die Augen. »Nein, Pirvan. Ich bin nicht arm, noch nicht. Wenn ... wenn ich hierbleibe, kann ich selbst für mich aufkommen.«

Der Gedanke daran, Haimya jede Nacht in den Armen zu halten, brachte Pirvans Blut in Wallung. Sie spürte es und rollte sich auf ihn. Als ihre Hände seinen Körper zu erkunden begannen, fielen ihm ihre Haare ins Gesicht. Es dauerte lange, bis sie wieder sprachen, jedenfalls mit Worten, und dann sagten sie nur noch Gute Nacht, bevor sie sich dem Schlaf überließen.

Noch vor der Morgendämmerung wachten sie auf und badeten in einem Zuber voll Wasser, das sie auf dem neubelebten Herdfeuer erhitzt hatten. Dann legten sie sich wieder hin und schliefen zu gegebener Zeit wieder ein. Als sie wieder erwachten, stand die Sonne hoch am Himmel, und sie hatten gerade erst etwas gegessen und sich angekleidet, als es wieder an der Tür klopfte.

Der Mann, der vor dem gleißend blauen Himmel auf der Schwelle stand, war fast so groß wie Grimsor Einauge, aber schlanker und gewandter. Sein längliches Gesicht mit dem beeindruckenden Schnurrbart wies auf eine gute Herkunft hin, und seine Hände zeigten Pirvan die Spuren jahrelanger Arbeit mit Stahl.

»Krieger, was führt Euch hierher?« fragte Pirvan. Hinter seinem Rücken gab er Haimya ein Zeichen, sich zu bewaffnen.

»Eine Frage, die für uns alle von Interesse ist. Darf ich eintreten?« erwiderte der Fremde.

»Wenn Ihr in Frieden kommt, mögt Ihr eintreten, und wir werden Euch anhören.«

»Paladin und Kiri-Jolit mögen mich hören, ich schwöre, daß ich Euch kein Leid antun will. Ob ich Euch Gutes bringe, sollt Ihr selbst beurteilen, aber ich vertraue auf Euer Urteil.«

Der Mann trat ein. Unter der niedrigen Decke sah er selbst im Sitzen noch größer und eindrucksvoller aus als zuvor. Die Scheide eines Breitschwertes lugte unter seinem Reitmantel hervor, und Pirvan sah an seinem Hals Metall schimmern.

»Man nennt mich Niebar den Großen ...«

»*Sir* Niebar, rein zufällig?« fragte Haimya.

»Haargenau. Sir Niebar, Ritter des Schwertes, unterwegs in einer Angelegenheit, welche für die Ritter von Solamnia von Bedeutung ist.«

»Also gut«, sagte Pirvan. »Aber wenn ihr lügt, wird es ein böses Ende nehmen.«

»Lügen schaden nur – jedenfalls hier und jetzt«, fügte der Ritter mit einem leichten, trockenen Lächeln hinzu. »Deshalb werde ich keine erzählen.«

Der Ritter band ihnen zwar keine Bären auf, doch seine Nacherzählung von Pirvans Lebensgeschichte schien ewig zu dauern. Pirvan erwartete allmählich, daß die Schatten wieder länger werden würden, ehe der große Krieger fertig war.

»Es hört sich ja angenehm an, wie Ihr meine Fähigkeiten, meine Ehre, und meine Tugend und alles andere preist«, sagte Pirvan. »Aber ein Teil davon ist nur meinen Brüdern und Schwestern bekannt. Antwortet mir, bei Eurem Eid – habt Ihr Spitzel unter ihnen?«

»Ja«, sagte Sir Niebar offen. »Wir haben an vielen Orten Spione, die Menschen suchen, welche es wert sind, in die Reihen der Ritter aufgenommen zu werden.«

Als diese Worte zu Pirvan durchdrangen, biß er die Zähne zusammen, damit ihm die Kinnlade nicht bis auf die Knie herunterklappte. Sollte er alles nur geträumt haben?

»Wenn Ihr Spione gehabt hättet, dann hättet Ihr gewußt, wo er war«, sagte Haimya. Wenn der Wein in ihrem Becher näher bei ihr gestanden hätte, wäre er angesichts ihrer kühlen Stimme so schnell vereist wie der Kratersee. »Wißt Ihr, wie lange ich gebraucht habe, um ihn zu finden, nachdem ich wußte, daß ich das wollte?«

»Ja«, sagte Sir Niebar so offen wie zuvor.

Pirvan dachte, daß die Art, wie dieser Ritter mit so umwerfend ehrlichen Antworten um sich warf, ihn eines Tages umbringen könnte. Nicht heute, nicht durch Pirvan. Bei Haimya mochte die Sache schon anders liegen.

Sie bebte, und ihre Hand war nicht weit von ihrem Schwertgriff entfernt, als sie wieder sprach. »Dann … darf ich vermuten, daß Ihr mir gefolgt seid?«

Sir Niebar schien zu bemerken, welche Folgen ein weiteres schlichtes Ja haben konnte. Also nickte er. »Vergebt mir, aber wir haben wieder einmal Eurem Urteil vertraut, da es uns nie irregeleitet hat. Ihr habt das Blut Eures Großvaters in den Adern, so wahrhaftig wie eine Schwertklinge und genauso scharf, wenn Ihr das Böse zerstört.«

Unter all dieser Poesie entdeckte Pirvan eine andere erstaunliche Wahrheit: Haimyas Großvater war ein Ritter von Solamnia gewesen. Es ist immer nett, noch vor der Hochzeit etwas über die Vorfahren der eigenen Braut zu erfahren, überlegte er.

»Wir sind Euch gefolgt«, fuhr Niebar fort, »weil Eure Suche nach Pirvan die abschließende Prüfung war. Wenn er es wert ist, daß Ihr ihn aufsucht, dann ist er würdig, ein Ritter zu sein.«

Pirvan blickte zur Decke. »Das ist keine der rechtmäßigen Prüfungen, von denen in den Geschichten, wie die Ritter ihre Männer aussuchen, erzählt wird.«

»Harte Zeiten lockern die besten Gesetze«, sagte Niebar. »Also – ich nehme an, daß Ihr verstanden habt, was ich wissen möchte. Wann kann ich Eure Antwort erwarten?«

»In einer Stunde«, sagte Haimya.

»Ich habe Sir Pirvan gefragt – ich denke, unter uns ist es nicht respektlos, ihn so zu nennen.«

»Eine Stunde wird reichen«, sagte Pirvan.

Sir Niebar erhob sich und verließ unter Verbeugungen das Haus, ohne Haimya aus den Augen zu lassen. Pirvan bezweifelte, daß er ihre Schönheit bewunderte. Viel eher beobachtete er ihre Schwerthand.

Dann ließ Haimya sich auf die Schlafstatt fallen und biß in ein Fell, um nicht vor Lachen zu brüllen.

»Was ist denn so komisch?« Sie unterdrückte ein letztes Kichern und setzte sich auf. »Pirvan, willst du den Rittern beitreten?«

»Ich habe die Diebe und Istar verlassen. Die Ritter bieten

mir die Möglichkeit, einen Teil von dem, was ich kann, zum Nutzen anderer anzuwenden. Wenn das nicht genug Grund für sie ist, mich zu akzeptieren, haben sie selber Schuld.«

»Sehr schön. Noch ein Grund mehr für Niebar, die volle Stunde zu warten. Wenn er so lange in der Kälte steht, kann er sich in Selbstbeherrschung oder irgend einer anderen ritterlichen Tugend üben.«

»Ach?«

Sie legte eine Hand an die Bänder der Tunika. »Pirvan, wer ein Ritter werden will, muß mindestens ein Jahr enthaltsam leben.«

Als Pirvan diesmal »Ach« sagte, hatte es einen ganz anderen Tonfall.

Epilog

Vom Hof aus hörte Pirvan Hufgeklapper, als die letzten Besucher von dem Haus fortritten, wo Sir Marod sein Quartier hatte.

Der ältere Ritter winkte ihn herein, entließ seinen Knappen mit einem Blick und zog zwei Stühle heran. Pirvan wählte einen, setzte sich jedoch erst, nachdem der andere sich gesetzt hatte.

Das brachte Sir Marod zum Lächeln. »Ihr habt Euch heute besser gehalten als ich damals, und ich war zehn Jahre jünger als Ihr heute. Meine Beine haben mir den Dienst versagt, und ich bin auf den ersten Stuhl gefallen, dem ich zutraute, nicht unter mir zusammenzubrechen.«

In diesem Tonfall fuhr Sir Marod noch eine Weile fort, gab Anekdoten aus seiner eigenen Laufbahn zum Besten, plauderte von anderen Rittern, die er kannte, und von Rittern, die Geschichte oder gar Legende waren. Jedenfalls dachte Pirvan, daß Sir Marod das alles erzählte; vielleicht war es auch sein eigenes Gehirn, das ihm alles vorgaukelte. Fasten war nur die kleinste Forderung, die an einen Ritter an dem Tag gestellt wurde, ob dem er sich von Rechts wegen Ritter nennen durfte.

»Aber ich schwatze, ohne daß ich meine Jahre zur Erklärung oder Entschuldigung anrühren dürfte«, sagte Sir Marod. »Habt Ihr erraten, welche Aufgabe Ihr als Ritter der Krone übernehmen sollt?«

Pirvan rief sich innerlich alle Anekdoten vor Augen, an die er sich erinnerte, und nickte langsam. »Ich glaube, Ihr wollt, daß ich Menschen suche, die der Ritterschaft würdig sind oder den Rittern wenigstens helfen können. Das bedeutet, ich soll in der Welt leben und umherziehen, so daß ich vieles nutzen kann, was ich als Dieb gelernt habe.«

»Haargenau. Vieles davon kann man in keiner Burg lernen, auch nicht nach zwanzig Jahren Rittertum. Viele Ritter würden sogar ablehnen, es zu lernen, auch wenn sie dazu Gelegenheit hätten. Aber vieles davon ist gut.«

»Ihr verlangt von mir einiges ab.«

»Ich erbitte nicht mehr, als Ihr gerade zu geben geschworen habt, Sir Pirvan. Und es ist nicht mehr als das, was Ihr seit zehn Jahren getan habt, ohne von etwas anderem als Eurer Ehre und den Eiden gebunden zu sein, die Ihr an Eure Brüder und Schwestern geleistet habt«, erwiderte Sir Marod.

»Ich denke, mit der Ehre ist es wie mit dem Mut. Die Hälfte von beiden möchte einfach nur gut schlafen können«, sagte Pirvan.

Er hatte gedacht, Sir Marod könnte an seiner Bemerkung Anstoß nehmen, aber statt dessen nickte der andere Ritter bedächtig. »Von klugen Menschen oft gedacht, nur selten ausgesprochen«, sagte er. »Außerdem könnt Ihr alles, was Ihr über solche Arbeit nicht wißt, von Eurer Dame lernen.«

»Ich dachte mir schon, daß Haimya vielleicht schon so etwas getan hat. Wieviele Ritter hat sie gefunden?«

»Das ist ihr Geheimnis«, sagte Sir Marod streng.

»Sehr richtig«, erklang eine Stimme hinter Pirvan. Er fuhr herum. Haimya stand in der Tür. Sie trug ein schlichtes, dunkelgrünes Gewand mit silbrigem Pelzbesatz, das in keiner Weise unschicklich geschnitten war, aber dennoch jeden Mann, der Enthaltsamkeit geschworen hatte, zum Bedauern zwang – und jeden, der gerade aus der Enthaltsamkeit entlassen war, frohlocken ließ.

Da sagte Sir Marod: »Vielleicht sollte ich Wein und Kuchen kommen lassen, damit ich mich stärken kann, bis Ihr wieder

Zeit habt, mir zuzuhören. Wir alten Leute brauchen unsere Mahlzeiten.«

»Natürlich«, fügte er hinzu, »könnte ich den Wein und den Kuchen auch für Euch hinterlassen und verschwinden. Ihr jungen Leute braucht Kraft und vielleicht etwas Zeit für Euch.«

Haimya löste einen Arm von Pirvan und verabschiedete Sir Marod über Pirvans Schulter hinweg mit einem frechen Wink. Der Ritter machte ein Geräusch, das Pirvan so sehr an Hipparan erinnerte, daß er einen Augenblick den Atem anhielt.

»Ihr, meine Liebe, werdet mich nicht aus meinen eigenen Gemächern in die eisige Wildnis schicken, wie Ihr es mit Sir Niebar getan habt«, sagte Sir Marod. »Es ist ein Zimmer für Euch beide reserviert, für heute nacht und einige weitere Nächte. Mein Knappe erwartet Euch und wird Euch hinführen. Nun geht, Sir Pirvan, Lady Haimya!«

Und da Gehorsam gegenüber den rechtmäßigen Befehlen eines Vorgesetzten Teil der ritterlichen Pflichten war, gehorchte Pirvan.